SOPA DE LIBROS

Juan Ignacio Luca de Tena, 15. 28027 Madrid
www.anayainfantilyjuvenil.com
e-mail: anayainfantilyjuvenil@anaya.es

1.ª edición, marzo 2008
7.ª impresión, noviembre 2017

Diseño: Manuel Estrada

ISBN: 978-84-667-7693-6
Depósito legal: M-11891-2011

Impreso en España - Printed in Spain

Las normas ortográficas seguidas en este libro son las establecidas por la Real Academia Española en su edición de la *Ortografía* del año 1999.

Casalderrey, Fina
Dos lágrimas por Máquina / Fina Casalderrey ; ilustraciones de Anuska Allepuz — Madrid : Anaya, 2008
144 p. : il. n. ; 20 cm. — (Sopa de Libros ; 126)
ISBN 978-84-667-7693-6
1. Amor a los animales. 2. Relación niño-animal. 3. Mascotas.
821.134.4-3

Tan pronto como llega de la escuela, Julia se detiene en la entrada de su huerta y aguarda cada día a que el perro se presente junto a la verja; pero Máquina no aparece por ninguna parte. Sus esperanzas se convierten en pompas de jabón y se desvanecen.

Es a ella a quien más le preocupa su ausencia porque, además de ser quien se encargaba de ponerle el agua fresca a diario, de que no se quedara sin comer, de permitirle entrar en su habitación sin reproches y de quererle más que nadie, ¡Máquina es su perro! Eso hace que se sienta incluso más responsable. En su cerebro, los pensamientos dan vueltas y más vueltas sin poder detenerlos; la martillean hasta herirla.

JULIA ES UNA NIÑA DE PELO OSCURO, casi negro, no muy largo, que acaba de cumplir diez años.

Su madre siempre le recoge su melena. Afirma que tiene mucho pelo y que si se le pone delante de los ojos, no será capaz de escribir. Sus ojos son castaños, muy oscuros; no son demasiado grandes, aunque sí muy despiertos.

Estudia quinto de Primaria en un enorme centro de enseñanza del pueblo al que pertenece su aldea.

1
ALBOROTO EN LA ALDEA

—Desde hace varios días Máquina no ha vuelto a casa. ¿No te parece raro, mamá?

La madre de Julia se muestra inquieta y tarda un rato en responder. Antes de hacerlo, intercambia una mirada de complicidad con su marido; luego acaba por contestar en un tono de poco convencimiento:

—Cariño, ya ha tardado en venir otras veces y siempre ha aparecido. No te rompas la cabeza pensando tanto en él. En una de esas ocasiones, ¿recuerdas?, todavía estuvo más días fuera de los que han pasado ahora.

Las palabras de doña Matilde no tranquilizan a Julia que sigue muy preocupada, pues presiente malos augurios para los días venideros.

—Esas veces, mamá, se había ido en primavera, ahora todavía estamos en febrero. Algo malo le ha tenido que haber pasado, seguro.

SOPA DE LIBROS

Fina Casalderrey

Dos lágrimas por Máquina

Ilustraciones
de Anuska Allepuz

ANAYA

Dos lágrimas por Máquina

LOS DÍAS VAN PASANDO lentos y pesados como elefantes y Máquina sigue sin dar señales de vida.

Julia recuerda que, las primeras semanas después de la muerte de su abuelo, Máquina iba muchas veces hasta el cementerio. Con los ánimos recuperados, se acerca corriendo hasta el lugar. Máquina no está.

Julia se vuelve ciega y sorda a todo lo que ocurre a su alrededor. Ya no le importan las notas, todo le cansa, se irrita con facilidad y hasta pierde el apetito.

—Julia, me ha dicho la profesora que en el último control de matemáticas bajaste a insuficiente, que en clase estás despistada. ¿Qué te pasa? ¿Ya no entiendes a doña Mercedes?

La señora Matilde trata de averiguar las causas del reciente fracaso académico de su hija. Julia prefiere callar, no decir nada, pero sabe de sobra lo que le pasa: no es capaz de concentrarse en las tareas escolares porque solo puede pensar en su perro a todas horas.

«¿Dónde estará? ¿Lo habrán robado? Claro, es tan bonito. ¿Lo habrá atropellado un coche? Él nunca me habría dejado, lo sé. ¡Máquina! Vuelve, vuelve, por favor. Te echo de menos. Quiero hacerte cosquillas... ¡Me encanta tu pelo siempre tan limpio y tan suave!

Me gusta cómo me miras cuando quieres un poco de mi bocata... ¿Por qué has huido? ¿Qué te ha sucedido, Maqui? Ven, vuelve a casa».

JULIA ACABA DE LLEGAR DEL COLEGIO. El día es muy desagradable. Las nubes parecen retorcerse de rabia y llueve a cántaros.

Dos de marzo, y Máquina continúa sin aparecer. La situación es totalmente anormal y ya no hay nada que pueda devolverle los ánimos.

Se quita el chubasquero y las botas de agua, se calza las zapatillas y, aún sin merendar, sube a su habitación. Corre la blanca cortina y pega la nariz al cristal. Las lágrimas saltan de sus ojos castaños casi a la misma velocidad que las gotas de lluvia que resbalan por la otra parte del cristal. Julia piensa en encontrar una solución. Así permanece hasta que aquel cielo cargado de nubes de plomo empuja toda la luz del día y la iluminación de las casas vecinas dibuja lentejuelas doradas sobre el suelo mojado.

«Si viviera el abuelo, me ayudaría a buscarlo, estoy convencida. Él también le quería muchísimo. Mejor que no sucediera esto antes, así no tiene que sentir la pena que yo tengo ahora. ¿Qué puedo hacer?».

Julia experimenta un dolor en el pecho que le oprime el estómago y no le permite comer. La abuela piensa que es un capricho, pero no es cierto. Los pájaros elevan el eco de sus suspiros hasta aquel cielo ceniza.

Unos golpes en la puerta de su habitación la alejan enseguida de la ventana. Tiene los ojos enrojecidos.

—¿Puedo entrar?

—Sí, pasa... —dice entre sollozos.

Es Moncho, el único hermano de Julia. Ya ha cumplido trece años y estudia segundo de E.S.O.

A Moncho, la desaparición del perro no le preocupa demasiado, pero la actitud que muestra Julia, sí. Le da mucha pena verla siempre tan triste, tan callada. Ni siquiera discuten por nada, cuando se pasaban el día peleando y acusándose uno al otro de cualquier tontería.

—¿Te atreves a hacer novillos mañana? —Julia suelta la pregunta como quien suelta una bomba.

—¿Faltar a clase, dices?

—Sí. Pienso que si buscamos por todo el pueblo, en algún sitio tendrá que estar. ¡No se

lo iba a tragar la tierra! O lo robaron o se ha perdido.

—O... se ha muerto —completa Moncho tartamudeando.

—¡No, no se ha muerto! Algo me dice que Máquina está vivo.

—De acuerdo. Iremos entonces a ver quién lo ha robado o dónde se ha perdido.

—Mamá no puede saber nada de esto. Tendremos que comportarnos como siempre.

Por la noche, Julia come con más ganas. El hecho de intentar algo, de no quedarse quietos, afloja un poco el peso que le oprime el pecho desde hace tantos días. Su esperanza se ve de nuevo alimentada.

Sueña que su querido perro está en casa de Clara. Una niña de su clase que afirma tener toneladas de antipatía a los animales. Lo tiene preso en una jaula. Máquina consigue huir pero los municipales lo cogen y se lo llevan a la perrera del Ayuntamiento. Al despertar solo recuerda la perrera. También tendrán que buscar allí.

El cambio que esa mañana experimenta Julia, pone muy contenta a la señora Matilde. ¡Al fin su hija vuelve a tener hambre! Lo que la madre no sabe es que el bocadillo gigante de jamón con queso no se lo lleva pensando en sí misma, sino contando con la posibilidad de encontrar a Máquina y poder dárselo.

—¡Loado sea el Señor! ¡Qué milagro!

—Sí, es... que..., los jueves en el comedor toca una comida muy asquerosa, ¡puag! ya sabes, empanada de bacalao... y a mí no me va.

—Se da la casualidad de que hoy es miércoles. ¿Todavía no has aprendido a precisar bien el día en el que vives, eh? —corrige la señora Matilde.

Moncho, que ya había cogido su bocadillo habitual, le hace señas a Julia para que corte la conversación y salga. Además de correr el riesgo de perder el autobús, calcula que, de seguir hablando, acabará por meter la pata hasta el fondo.

—¡Vamos, Julia, que se nos va a marchar el autobús delante de nuestras mismísimas narices!

Nerviosos, aunque decididos a no asistir a clase, los dos hermanos se ponen de acuerdo y determinan que es más prudente bajar junto a la farmacia y no llegar hasta el colegio.

—¡Pare, pare, por favor, César! —grita Moncho—. Vamos a quedarnos aquí. Julia tiene que ponerse una inyección antes de entrar en la escuela.

Enrojecida y enojada, Julia baja del autobús con su hermano.

—¡Eres un idiota! No necesitabas decir lo que has dicho.

—¿Y qué mal he hecho? Yo no he hablado de que te iban a pinchar en el culo.

—¡Imbécil!

—No te acalores o me largo al colegio —después, cambia de tono—. Anda..., ya ha pasado, ¿vale?

—Vale... ¿Por dónde iremos primero? —no puede permitirse el lujo de enrabietarse con su hermano y perder la ayuda que le ofrece.

—Lo más razonable es que nos metamos por donde están los colectores de basura. Ya sabes, siempre le gustó revolver en ellos.

Julia, además de aceptar, todavía se atreve a pedirle otra cosa.

—Y si no está por allí..., si tú me acompañases..., yo me atrevería a preguntar en la perrera municipal.

—Vaya, vaya, ¡estás muy al tanto del tema!

RECORREN TODAS LAS CALLES DEL PUEBLO. Es verdad que hay perros merodeando entre las bolsas de la basura, pero ninguno es Máquina.

—¡Cuidado! Mira allí, Julia. ¿Aquella no es la madre de Inés?

—¿Dónde? ¡Ay, sí! Que no nos vea.

¡Ni que todos los vecinos de la aldea hubieran cogido la enfermedad contagiosa de bajar el miércoles hasta el pueblo! La mitad de la mañana se la pasan escondiéndose de ellos.

Es mediodía y la búsqueda no ha tenido hasta el momento, ni pizca de éxito. No hay rastro de Máquina por ningún sitio.

Moncho quiere dejar zanjado el intento de encontrar al perro. Julia le ruega que continúe con ella.

—¿JUAN, PUEDE VENIR UN MOMENTO POR FAVOR?

Doña Mercedes, maestra de Julia, acaba de interrumpir la última clase de la mañana entrando de golpe en el aula de segundo de ESO B. El profesor y tutor sale enseguida. A juzgar por la expresión en la cara de la maestra, ha debido de ocurrir algo grave.

Ya solos, el profesor pregunta inquieto:

—¿Qué pasa, Mercedes?

—¿Ha venido hoy a clase Ramón Fariña Rey?

—¿Moncho? —don Juan le echa una ojeada al interior del aula y responde—: No, hoy no ha venido a clase. ¿Por qué? ¿Qué ocurre?

—Yo tengo en mi aula a su hermana y tampoco ha venido. Naturalmente, en un principio no me extrañó, pero hace un momento que otro alumno, muy amigo de la niña, me ha asegurado que los había visto bajar delante de la farmacia por la mañana.

—¿A los dos hermanos? ¿Y qué?

—¡Y qué! Que traían los libros, y les he preguntado a los otros alumnos del mismo autobús y también me lo aseguraron. Si todavía fueran de los que habitualmente hacen novillos, podría no sorprenderme, pero esos dos son buena gente. De verdad que es muy extraño.

Inmediatamente se van juntos a hablar con el director, quien sin demora telefonea a casa de los niños. Contesta su padre, el señor Tomás. Efectivamente, habían salido para el colegio como todos los días.

A partir de ese momento, en el centro escolar y en la aldea, todos se ponen en marcha. ¡Hay que encontrarlos como sea!

CANSADOS DE ANDAR TODA LA MAÑANA sin parar un solo momento, hartos de huir de todos los conocidos y con la puerta del hambre abierta, deciden sentarse en un banco del parque, cerca de la fuente del Caño Alto.

Moncho devora en un santiamén su bocadillo y lo ayuda en su recorrido por el cuerpo bebiendo unos tragos de agua fresca de la fuente. La masa seca así baja mucho mejor. Julia le da tres mordiscos al suyo y lo guarda de nuevo. Solo piensa en su perro. A medida que el día avanza, la esperanza de encontrarlo se aleja más de su pensamiento. Las nubes que, ajenas a sus preocupaciones, juegan a hacer dibujos en el cielo, hacen su pena más intensa. Julia solo puede ver en ellas siluetas de Máquina esparcidas entre aquellos perfiles blancos y grises. En unas aparece como un perro alegre; en otras, triste. Estas imágenes caminan paralelas a los cambios de su pensamiento.

—¿Moncho, tú crees que lo encontraremos?

—La verdad..., ahora ya lo dudo. Tampoco sé por qué lo tomas así. ¡Un perro no es más que eso, simplemente un perro!

—Pareces la abuela. ¡Un perro es un perro! A ver si os metéis todos en la cabeza que Máquina no es un perro. ¡Es mi perro!

Al verla tan enloquecida, Moncho no es capaz de negarse a seguir prestándole apoyo.

—Atiéndeme... Por la tarde voy contigo hasta la perrera municipal, pero yo no llamo, que quede bien claro que entrar, entras tú solita. ¿De acuerdo?

—Moncho..., por favor..., entramos los dos. Cuando yo te vi fumando, no les dije nada a mamá ni a papá.

—Y, ¡ni se te ocurra! Vale, entro contigo, pero hablar, hablas tú.

—De acuerdo, si tengo que hacerlo, hablaré yo.

A LAS TRES Y MEDIA se dirigen a la perrera municipal. La puerta de la entrada permanece cerrada.

El azar hace que, antes de darles tiempo de pensar en otra cosa, el encargado de la perrera llegue y abra enseguida. Ajeno al problema de los niños, no repara en su presencia.

—Buenas tardes. Por favor, señor. ¿Trabaja usted aquí?

Julia agradece a su hermano que al final sea él quien dé el primer paso.

«Seguro que si le hablo yo, ni caso me hace. Moncho es tan alto como el señor».

El hombre asiente con indiferencia y Moncho le pide permiso para poder entrar a ver los animales, después de explicarle que han perdido un perro. Incluso Julia, al fin, se atreve a decir algo:

—Es muy importante para mí, señor. Es mi perro.

—Entrad —responde el hombre—. Llegáis justo a punto, si es que el perro está aquí, claro. Yo ya vengo para... —se detiene en seco—. Bien, nada, nada. Vosotros entrad a ver si está.

Nunca en su vida habían entrado en una perrera, ni siquiera conocen demasiado su funcionamiento. Solo saben que allí van a parar los perros de la calle.

Al pasar cerca de las enormes jaulas, los animales se ponen histéricos. Saltan y ladran sin parar.

—¡Quietos ya!

La voz del hombre sonó como un látigo. Los perros responden con un silencio que hace pensar en la magia. De repente, se diría que el lugar ha quedado vacío.

Julia observa con ansiedad. Mira a un lado y a otro. Tiene la esperanza de encontrar allí a Máquina. Hasta se atreve a llamar:

—¡Maqui, Maqui!

El perro no está. No es ninguno de los que aparecen ante sus húmedos ojos. Aun así, Julia insiste en seguir llamando, y Moncho trata de convencerla.

—No sigas. Ya hemos visto lo que hay... No está —luego se dirige al guarda—. ¿Qué hacen

luego con los perros? Porque si se quedan con todos, todos...

—A veces hay a quien le interesa tener un perro y aquí puede escoger gratis entre muchos. Otras veces, como hoy vosotros, viene el propio dueño a recogerlo y con más suerte que vosotros se lo lleva —hace una pausa—. Y otras...

—¿Y otras, qué? —pregunta Julia, exigiendo respuesta.

—Y otras, al pasar varios días en que nadie los reclama, tenemos que..., en fin, tenemos que sacrificarlos.

—¿Sacrificarlos? —insiste intrigada Julia.

—Sí. Hay que matarlos. El Ayuntamiento no puede invertir su presupuesto en mantener docenas y docenas de perros, día tras día. Nosotros los recogemos de las calles porque protestan los vecinos: que si hacen demasiado escándalo por la noche, que si estropean los jardines públicos..., y luego..., luego ya os lo he explicado.

Las lágrimas danzan en los párpados de Julia. El guarda se da cuenta y siente pena por ella, pero nada puede hacer.

Moncho, ejerciendo de hermano mayor, decide que seguir con aquella conversación es perder el tiempo, además de angustiar todavía más a su hermana y corta enseguida.

—De todas formas, gracias señor. ¡Vamos, Julia! No te preocupes, puede que no haya venido hasta el pueblo.

Ya estaban a punto de alcanzar la salida, cuando el guarda les hace una pregunta que los deja atónitos al momento.

—¡Eh! Y ahora que lo pienso. ¿Vosotros no tendríais que estar en el colegio?

—No. Es que..., no hay por las tardes. Tenemos jornada única —ataja Moncho para salir del paso.

—Ya... Entonces... ¿qué hacéis con la cartera a la espalda? —insiste el guarda.

—Vamos a clases particulares de Matemáticas —se le ocurre a Julia.

Al fin, el cotilla del guarda, debió de quedar convencido y deja que se vayan sin torturarlos más.

Ya solos, entre los nervios de faltar a clase por primera vez en su vida y la angustia de imaginar que hayan podido matar a Máquina, Julia explota y llora, llora desconsoladamente.

Moncho siente impotencia, no sabe qué solución tomar. Por un lado, el disgusto que tiene Julia le contagia una inmensa pena; por otro, siente vergüenza de que los vean de esa manera.

Algunas personas se detienen al pasar. Moncho los mira de reojo, sin levantar la cabeza, y la sangre le sube toda a la cara.

—No te impacientes, mujer. Puede que ya haya aparecido en casa. Lo más prudente es que nos vayamos a la parada del autobús. Ya me inventaré alguna excusa para evitarnos problemas.

Iban despacio hasta la parada del colegio cuando ven acercarse hacia ellos dos policías a toda prisa. No tienen tiempo de reaccionar, ni de averiguar si son ellos mismos el objetivo que persiguen.

—¡Son estos! ¡Son estos! —dice el del bigote negro.

—¿Cómo os llamáis? —pregunta el más bajo.

—Y... yo... Ju... lia —dice la niña entre sollozos.

—Y... y... yo... Mon... cho. Bueno... Ramón Fariña Rey —completa Moncho, tratando de tranquilizarse—. ¿Qué ocurre? Nosotros no hemos hecho nada malo.

Los policías les preguntan si han ido hoy al colegio... y van tomando nota de todo.

Con una mirada, Moncho y Julia saben entenderse. Deben decirles toda la verdad. ¡Cualquiera miente a la policía!

—¿Vosotros, no os habéis dado cuenta de que habéis tenido a todo el colegio revolucionado? —reprende el del bigote.

—¡Pero si allí no sabían nada! —responde Moncho.

—¿Piensas que los maestros son tontos? Vuestros compañeros les han dicho que habíais venido en el transporte escolar, que os habíais bajado junto a la farmacia y que llevabais la mochila —aclara el más bajo.

—¡Jobá! ¿Y mis padres sabrán algo de esto? —pregunta Moncho, muy preocupado.

—Vuestros padres están alarmados buscándoos por todas partes. Hasta fueron a inspeccionar la estación del ferrocarril para ver si os encontraban allí —sigue explicando el más bajo.

Por un momento, Julia olvida la desaparición de Máquina. Se apodera de ella un miedo intenso por lo que hayan podido organizar y se desinfla como un globo.

Moncho tampoco se siente mejor. Tiene verdaderos escalofríos que nada tienen que ver con la situación meteorológica.

«¡Qué vergüenza! ¡Todos buscándonos!».

En verdad, el problema se les presenta grave. Ahora no es solamente el hecho de faltar a clase, además es el alboroto que han podido armar, no solo en la aldea sino en el pueblo entero.

Los policías les piden que entren en su coche y los llevan a la estación del ferrocarril con la satisfacción de haber cumplido con su deber. Los corazones de los dos aprendices de aventureros laten a la vez con un ritmo exagerado, que a ellos les parece que hace retemblar el coche. Ni se dan cuenta de la conversación que mantienen el conductor y su acompañante, que, acostumbrados a casos semejantes, no muestran excesiva preocupación. Se diría que parecen divertidos con el relato de los angustiados hermanos.

—¡A mí me van a matar! Yo soy el mayor y me llevaré todas las culpas.

—No. Tú tranquilo. La culpa es toda mía. Yo te he pedido que lo hicieras. Es terrible. No hemos encontrado a Máquina y además nos van a regañar.

Llegan a la estación. El coche se detiene, pero ni Julia ni Moncho se atreven a cambiar de postura. El policía del bigote se acerca sonriente, les abre la puerta y hace señas para que salgan.

Mientras, el otro policía ya ha avisado a sus padres, que corren hacia a ellos. ¡Qué extraño! Parecen alegres...

Se unen los cuatro en un largo abrazo. En un místico y corto período de tiempo nadie dice nada. Es la madre quien osa romper el silencio inicial:

—¿Pero, santo cielo, qué os ha pasado? Vosotros... ¿Cómo habéis hecho eso? ¿Por qué no habéis ido a la escuela?

Julia y Moncho, poco a poco, van relatando las valentías y angustias vividas, hasta el momento en que los policías les han dado el que consideran el susto más grande de su vida.

La reacción de los padres les sorprende felizmente.

—Voy a avisar enseguida a vuestros tutores por teléfono, para ponerles al corriente de todo y darles las gracias. Luego nos vamos a tomar cuatro flamantes hamburguesas completas al San Roque. Allí son más naturales. ¿Os parece bien?

Por toda respuesta, los tres sonríen y esperan a que vuelva el señor Tomás. Tarda poco. Se acercan al café-bar San Roque y toman el manjar preferido de los dos jóvenes. Todavía falta la sorpresa más grande, que surge cuando, al salir del bar, su padre decide que van a ver una buena película que echan en el Principal.

Julia está casi asustada de la reacción de su padre.

«No entiendo cómo nos invita a todo esto si es cierto que no tiene demasiado dinero... ¿Habrá encontrado trabajo? Creo que hasta mamá esta sorprendida».

YA EN CASA, como en la habitación de Moncho hay dos camas, los dos hermanos deciden dormir juntos. La habitación está entre la de sus padres y la de la abuela.

La pobre abuela, como en múltiples ocasiones, permanece ajena al problema surgido en este día. A menudo da la impresión de que no se entera de nada. Cuando llegan, hace tiempo que está acostada, hablando sola.

Esta noche, todos tienen ganas de hablar. La abuela no para y los padres conversan con más sigilo de lo habitual. Entre las interferencias de un lado y del otro, Julia y Moncho solo aciertan a descifrar algunas frases sueltas que les llegan desde la habitación de sus padres, como enlatadas por la pared:

—No, no debimos hacerlo.

—Bueno, mujer, no alces la voz. Lo hecho, hecho está. A ver si nos van a oír...

—La culpa la tiene la abuela. Tanto quejarse, tanto quejarse...

Los dos hermanos no comprenden demasiado de la incompleta conversación y, entre las emociones y el agotamiento, acaban por quedarse dormidos.

2
Recordando a Máquina

Uno de septiembre. Una fecha inolvidable. Yo cumplía seis años y, lo mismo que en otras ocasiones, mi madre compró muchas golosinas e hizo una sabrosa tarta para celebrarlo.

—Mamá. ¿Te ayudo a poner la mesa? ¿Abro las bolsas de las patatas fritas? ¿Te has acordado de la naranjada?

Yo no podía estarme quieta, no encontraba reposo. Mamá se reía y trataba de calmarme.

—Julia. ¡Pareces una locomotora! ¡Para un poco, mujer! Ya lo he comprado todo. No falta nada de nada.

Había algo que yo no entendía muy bien entonces. Si yo había nacido después de mi hermano Moncho, ¿por qué cumplía años antes? No lo comprendí hasta que llegué a tercero, a pesar de que ya me lo habían explicado un montón de veces.

Al fin llegó el momento que había esperado tantos días. ¡Mi fiesta de cumpleaños! ¿Qué me regalarían? Mis padres siempre me compran, aun ahora, algún regalo para sorprenderme en esa fecha.

—Ya puedes decirles a tus amigos que vengan. No olvides llamar a Inés la del Portelo.

Marché corriendo como una loca.

—¡Venid! ¡Venid todos! Ya está todo preparado —gritaba.

—Julia, anda, vete enseguida a buscar a tu hermano. Ese con el balón ya no se acuerda de ninguna otra cosa. ¡Así pone el calzado en la puntera!

—¡Sí, mamá, voy!

Corría y corría. No me cansaba.

La fiesta empezó, como todas las fiestas de cumpleaños, con una merendola, y como solía suceder siempre, en los primeros momentos nadie hablaba. Todos estábamos muy ocupados en que el de al lado no acabara con las aceitunas o con las patatas fritas.

Al empezar a alborotar, seguramente era la señal que esperaba, vino mi madre con la estupenda tarta de chocolate. Animados por ella, todos me cantaron aquello de «feliz, feliz en tu día...», hasta en inglés.

Llegó, al fin, el momento más deseado para mí. Apareció mi padre en el umbral de la puerta con una caja. Posé la mirada en ella y pensé:

«¡Tiene agujeros en la tapa!».

Recuerdo que mi padre entró preguntando:

—¿Qué? ¿Queda algo para mí?

Mamá le aseguró que sí, que se ahorraría el trabajo de hacer otra cena.

Algo me decía que aquella caja era para mí, pero esperé hasta que mi padre dijo:

—Julia, toma. Esto es para ti.

—¿Es un regalo? —debido a la ansiedad hice esta tonta pregunta.

—No sé... Tú mira, a ver...

Mi padre disfrutaba con mi exagerada curiosidad. Puse la caja en el suelo y, rodeada de mis vecinos, levanté la tapa.

—¡UN PERRITO! —recuerdo que dijimos todos a un tiempo.

Tal fue mi alegría que, de un salto, estaba en el regazo de mi padre agujereándole la cara con un fuerte beso.

—¡Toma, te lo mereces! ¡Papaíto, eres un tesoro! ¡Un perrito!

Pasaron más de cinco años y ya han ocurrido muchas cosas desde entonces, pero todavía me sigue emocionando el recuerdo de la llegada de Máquina a casa. Puedo describir con todo detalle cada momento a su lado.

MIS ABUELOS PATERNOS vivían con nosotros.

El abuelo estaba muy delicado de salud pero razonaba muy bien. A mí me quería con locura. Dicen que era porque él solo tuvo un hijo y ninguna hija y que por eso se le caía la baba conmigo.

La abuela es otra cosa. Todavía vive, pero la pobre está muy rara. A veces dice cosas que no vienen a cuento y grita mucho. Protesta a todas horas. Mamá siempre dice que tenemos que tener paciencia. Sufre de falta de riego en el cerebro. Yo de eso no sé demasiado.

DECÍA QUE MI PADRE ME HABÍA TRAÍDO UN PERRITO. La reacción de mis abuelos al verlo fue muy diferente. El abuelo estaba feliz, y hasta le hacía gracia. La abuela refunfuñaba continuamente por lo bajo.

—¡Lo que nos faltaba! ¿No tendremos nosotros animales suficientes?

Recuerdo vagamente que hubo una pequeña discusión entre la abuela y los demás, mientras nuestra atención, la de mis amigos y la mía, se centraba totalmente en el cachorro.

Lo que no he olvidado es lo primero que hice. Lo saqué de la caja y lo puse a andar. To-

dos se reían alrededor de aquella hermosa miniatura.

Tenía poco pelo. Era muy pequeñito. Acastañado, excepto alrededor de los ojos, que tenía el pelo blanco y muy espeso. Incluso parecía que usaba anteojos. Estaba simpatiquísimo. ¿La raza? La verdad, no lo sé. Mi padre dice que no es de una raza pura, que es una mezcla. No entiendo mucho, solo sé que hoy es un precioso perro de cinco años, con un hermoso y largo pelo castaño muy suave, que recuerda al cocker y la expresión ingenua de buenazo del fox-terrier y del dálmata. Pienso que mi perro tiene lo mejor de todas las razas.

NO PENSÉIS QUE AL PONERLO EN EL SUELO se extrañó del sitio. Nada de eso. Como un veterano, se puso a corretear moviendo el diminuto rabo a toda prisa.

—¡Mirad, mirad como mueve el rabito!

—Sí, sí. Es como un muñeco de cuerda.

—¡Fijaos! Se mueve tanto que parece una máquina.

—¿Qué nombre le vas a poner?

—¿Nombre? —me quedé pensando un momento—. ¡Máquina! Ya que se mueve tanto, lo llamaré Máquina.

Fui enseguida a por un vaso de agua y se la eché por la cabeza.

—¿Qué haces? Lo vas a ahogar.

Moncho se había asustado, pero yo solo lo quería bautizar.

Con ese rito, dimos por acabada la fiesta de mi cumple. Cada uno de mis amigos se marchó a su casa. Mis padres se fueron a llevar a Inés.

YA SOLOS, MONCHO Y YO todavía nos quedamos un buen rato jugando con él.

—¡Máquina! ¡Máquina! Ven, ven aquí.

Esa noche nos acostamos más tarde que nunca. Tuvimos que prepararle el sitio donde dormir. Lo metimos en una cestita vieja con una manta de cuna, de cuando yo era un bebé. Lo colocamos en una esquina de la cocina.

Al lado de la cesta, un cajón con serrín para enseñarle a hacer allí sus necesidades.

Mientras estuvimos con él todo iba bien, parecía feliz. Tan pronto como lo dejamos solo en la cocina y le apagamos la luz, empezó a gemir sin parar.

—Dejadlo. No le hagáis caso. Tiene que acostumbrarse —decía mi madre.

¡Qué noche! No pegamos ojo. Lloró hasta el amanecer.

En las noches siguientes, mamá se levantó y lo tuvo en su regazo como si fuera un bebé. Con el calor de su cuerpo, Máquina dormía. Acabamos por poner un radiador hasta que se acostumbrara a dormir sin su madre.

Yo era tan inmensamente feliz que solo volví a sentir lo mismo en el momento en que apareció delante de mí después de tantos días.

Nosotros ya habíamos tenido un perro. Era grande y dormía siempre en la huerta. No le dábamos demasiadas confianzas. Cuando lo conocí, ya tenía varios años. Máquina era diferente: cariñoso, suave, tan pequeñín, tan indefenso...

Le daba el biberón y, mientras no empezaron las clases, aquellos primeros días de septiembre lo tuve en mi regazo a todas horas, pegadito a mi pecho. Hasta Moncho se olvidó del fútbol por un tiempo y me ayudaba en las labores de su cuidado. Solo había un trabajo que hacíamos de muy mala gana: limpiar las meadas que Máquina iba repartiendo por todas las esquinas; aunque, paradójicamente, era lo que más rápido acabábamos. Tenía que ser así, si no queríamos que la abuela le frotara el hocico contra la meada. Pensaba que era igual que un gato. A mí eso me daba muchísimo asco.

LLEGÓ EL LUNES 16 DE SEPTIEMBRE. Igual que algunos niños del lugar, tuve que ir al colegio grande del pueblo por primera vez. Hasta entonces, había permanecido cerca de casa, en la escuela de educación infantil de la aldea.

Ese día mi madre me había acompañado para conocer a mi nuevo maestro, para saber qué cosas me tenía que comprar y, sobre todo, para que no tuviera tanto miedo en aquella enorme masa de cemento. Era treinta veces más grande que mi escuela, por lo menos. Fue un día de muchos nervios y muchas emociones, que desaparecieron a medida que pasaron las semanas.

Tuve que aprender a coger el autobús y a perderle el miedo al cascarrabias del conductor, a *Lopagáis*. También me acostumbré a comer en un enorme comedor y a compartir el patio de recreo con cientos de niños, algunos muy bestias y muy grandes. Y tenía mucha suerte. Mi hermano era mayor que yo y me podía defender. Mucho peor lo pasó Arturo.

ARTURO ES UN COMPAÑERO DE CLASE. Desde primero siempre nos tocó en la misma aula.

Tiene unos ojos azules tan hermosos que se diría que le robaron el color al mar, con una mirada limpia como copos de nieve. El pelo lo lleva siempre corto y peinado hacia atrás. Lo tiene más negro que yo. ¡Es guapísimo!

Hoy, todas mis compañeras están detrás de él, pero yo creo que le gusto. Es mi mejor amigo.

COMO TENÍA QUE PERMANECER muchas horas fuera de casa, todos los días por la mañana la misma historia.

—Abuelo, no dejes de echarle la comida al perro. Cámbiale la taza del agua. ¿No te olvidarás?

—No, no. Vete tranquila.

Creo que el abuelo disfrutaba con esas labores. ¡Pobre abuelo! Lo echo mucho de menos.

La abuela, que cada vez se aclara menos, decía por lo bajo:

—Vete, vete. A ver si tienes la misma ansia para las cosas de la escuela.

MÁQUINA HABÍA APRENDIDO unas normas mínimas de conducta. Ya no se meaba en el suelo de la cocina. Avisaba, gimiendo, hacia la puerta que da a la huerta. En cuanto le abríamos salía como una flecha y volvía en seguida.

Por las noches...

—¡Máquina! ¡Máquina! Vamos, vamos...

El abuelo también jugaba con él. Lo cogía en el regazo y lo acariciaba.

Si le poníamos cualquier paño delante y lo movíamos un poco, corría detrás de él hasta cogerlo. Lo enganchaba con los dientes y con las patas delanteras y no lo soltaba hasta triturarlo. Le gustaba mucho esconder las zapatillas, y eso enfadaba a la abuela y hasta a mamá.

Un día, cuando ya tenía cuatro meses, hubo una fuerte tormenta. Los relámpagos llenaban el cielo de intensas luces huidizas que me hacían sentir mucho miedo. Estaba ya anocheciendo, pues a finales de diciembre los días son muy cortos. Todos nos fuimos a la cama. Tenía pánico. La tormenta se acercaba. El ruido de los truenos hacía retemblar los muebles. La puerta de mi habitación se abrió de golpe y Máquina saltó encima de mí como un pájaro. Tenía tanto miedo como yo...

—Anda, escóndete, que si viene mamá y te ve aquí, nos destierra a los dos. Bien sabes que no quiere que subas a la habitación.

Creo que me entendía. Enseguida se metió entre las sábanas. Justo en ese momento, entró mamá. No se habría dado cuenta de nada de no ser porque metí la pata, y nunca mejor dicho. Con una pierna le aprisioné la cabeza y, automáticamente, Máquina lanzó un gemido.

—¡Dios mío! ¿Qué ocurre aquí? ¿Qué tienes en la cam...?

Todavía no había terminado la pregunta cuando Máquina saltó al suelo.

Ese día mi madre me riñó como pocas veces. Me llamó cosas desagradables que ya he olvidado. Al otro día no parecía recordar nada, también ella había olvidado el percance.

EL TIEMPO CONTINUABA PASANDO como un río. Me fui uniendo más y más a Máquina. Mi familia, por el contrario, se iba alejando. El perro dejó de ser una novedad. Tan solo el abuelo y yo le hacíamos caso. Si comía, comía; si no comía, no comía. Ya no se compraba comida especial para él. Tenía que arreglárselas con las sobras de las comidas de los demás.

Recuerdo con tristeza el día que Máquina empezó a ser un estorbo en la cocina.

—Este perro es muy grande para estar aquí. Es mejor que duerma en la huerta.

Cuando la abuela decía esas cosas, ya se podían dar por hechas. Pienso que sigue siendo la que más manda en la casa. Hice lo imposible por convencerla de que lo dejara dentro.

—Abuelita, por favor, no seas mala. Se va a morir de frío. Deja que duerma en la cocina aunque esté fuera durante el día.

—¡Julia! —esta vez reforzó mi padre—. Ya hace calor suficiente para que se acostumbre a vivir donde debe, y tú ya eres bastante mayor como para comprender que un perro es un perro.

Maldita frase, creo que no la pronunciaré nunca en mi vida.

Para colmo, hasta mamá se había puesto de su lado.

—¡Es un asco! Me da repugnancia estar comiendo y tener el perro pegado a mi falda. La abuela tiene razón.

Desde entonces, Máquina tuvo que dormir en el cobertizo. Volvió a llorar como de pequeño y volvió, también, a adaptarse a la nueva vida.

SE ACOSTUMBRÓ ENSEGUIDA a ir a despedirme por las mañanas y a darme la bienvenida al volver del colegio. Todavía no llegaba el autobús a la curva de la Choza, junto a la taberna del Outeiriño, y ya Máquina ladraba con todas sus fuerzas para avisar a todos de mi llegada. Eso fue algo que incluso la abuela supo valorar. Recuerdo que decía:

—Este perro es el mismísimo demonio. Media hora antes de llegar la niña, ya está junto al portalón, ladra que te ladra. Quitando el alma, es como las personas, es un buen emisario.

Nada más poner yo un pie en tierra, corría hacia mí dándole al rabo con tanta rapidez que parecía llevar pilas. Me quería decir que estaba contento de mi llegada.

En el tiempo de sequía, en cuanto entrábamos por el portal exterior, echaba la cartera en el suelo y nos tirábamos dando volteretas por la hierba. Cuando me cansaba, permanecía quieta haciéndome la muerta, y Máquina se ponía muy nervioso dando vueltas a mi alrededor, lamiéndome toda la cara, ladrando hacia todos lados... Con las cosquillas, acababa por explotar de risa y seguíamos rodando finca abajo.

Si algún día tenía el ánimo alicaído, al encontrarme con Máquina mi alegría emergía de nuevo.

LLEGÓ EL VERANO y con él las vacaciones. Moncho y yo disponíamos de tiempo suficiente para enzarzarnos en nuestras simuladas peleas. Él siempre insistiendo en hacer rabiar al perro. Salía con el plato de las sobras de la comida destinadas a Máquina y se las echaba a las gallinas. El pobre perro corría detrás de los restos enloquecido hasta quitárselos del pico. Mamá y papá estallaban de risa. A mí, maldita la gracia que me hacía.

—¡Moncho, no le hagas sufrir más! ¡Ya está bien! Si te lo hicieran a ti, habría que verte.

Con esas bromas pesadas, Máquina había aprendido a convivir con los demás animales de casa.

Se divertía con los pollitos como si fueran juguetes. No soportaba verlos peleándose. Cuando esto ocurría, se sentaba frente a ellos y con una pata los separaba. Les montaba guardia y, cuando empezaban a pelearse otra

vez, volvía a separarlos. No les hacía daño, incluso llegó a convertirse en el amo del gallinero.

En cierta ocasión, mi madre había traído dos docenas de pollitos para criar. Los tuvo metidos en un cajón grande con una bombilla, siempre encendida, para que les diera calor. El día en que los sacó de allí para mezclarlos con los demás, ya habían desaparecido dos. Después de hacernos buscar en un lado y en otro, acabó por culpar a Máquina.

—Claro, le permitimos tonterías al perro, dejamos que entre en el gallinero y seguramente se ha comido los dos pollos. ¡Válgame Dios, qué paciencia!

Fue Moncho el primero que los vio.

—¡Mamá! ¡Mamá! Están aquí. Máquina los tiene a raya y no les deja huir.

—Demonio de perro. ¡Lárgate para afuera!

Me dolió mucho que mamá le riñera aquel día, cuando lo que tenía que haber hecho era alabarlo por no dejar que los pollitos se escapasen por el agujero de la rejilla del gallinero. A veces no la entiendo, después le contaba la hazaña del perro a todo el mundo y bien que se desternillaba de risa.

ME GUSTABA IR A MERENDAR A LA HUERTA, simulaba tener un apetito voraz para poder coger mucha merienda y compartirla con mi perro.

—¡Coge esto! ¡Coge! ¡Sube, venga!

Se le escapaban simpáticos ladridos de complacencia mientras le daba trocitos de queso, galletas y hasta fruta. Se hizo tan goloso que se comía los caramelos como si fueran huesos. Lo que más le gustaba era el chocolate. En eso todavía hoy seguimos teniendo los mismos gustos. Ofreciéndole golosinas conseguí que se aguantara más de un minuto con las patas de delante levantadas.

Todo esto, claro, lo hacía a escondidas para no oír a Moncho decir:

—¡Mamá, Julia le da la merienda al perro!

Conste que mamá estaba siempre tan ocupada que se limitaba a contestar:

—Déjame trabajar y repréndela tú, hombre, que por algo eres el mayor.

CREO QUE CON LOS GRITOS DE LA ABUELA, con la indiferencia de los demás y con todo, Máquina era feliz en casa.

Tenemos una huerta muy grande, con varios árboles frutales en la parte de atrás de la vivienda. Todo está rodeado por un muro de piedra muy alto, con un portalón que da a la pista que lleva a la carretera principal. Es tan alto que, desde fuera, no se puede saber quién está en la huerta.

También tenemos otras fincas que quedan lejos de la casa. En el cerrado solo están los animales: un gato, dos pequeños cerdos, unas cuantas gallinas, conejos y cuatro corderitos y... por supuesto, ¡Máquina!, pero él es otra cosa.

LLEGÓ EL MES DE AGOSTO. Alrededor del día quince empezaron las fiestas del patrón, San Eleuterio. Mis padres decidieron llevarnos, dos días antes, hasta el pueblo para comprar ropa nueva; siempre estrenábamos en la procesión de la misa del día. Máquina, al verme subir al coche, corrió y corrió, y se metió también dentro. Mi madre se dio cuenta enseguida.

—¡Nena! ¿Tú como metes al perro en el coche? ¡A ver si te vas a creer que soy la señorita Carmiña! Yo no ando con el perro de aquí para allá como si fuera mi pareja.

—Déjaselo llevar, mujer. ¡Un día es un día! —bravo por mi padre.

Aquella no fue la última vez que Máquina entró en el coche. Le había cogido gusto a la cosa. Cuando recorríamos trayectos cortos, nos lo llevábamos. Tanto se habituó que, nada más oír el encendido del motor en el garaje, Maqui corría dando ladridos de alegría y se ponía a mi lado. Si yo subía y a él no se lo permitían, se quedaba muy triste.

Si es cierto que los perros orinan en sitios estratégicos con el fin de marcar su territorio, el coche de mi padre era de Máquina. Siempre que lo veía llegar, se arrimaba a una rueda y le echaba una meada y eso que recibía, cada vez, una buena reprimenda. Esa costumbre todavía la tiene hoy y menos mal que no le da por mearse en las ruedas de mi bici.

¡Así es Máquina!

3

LAS TRAVESURAS DE MÁQUINA

El primer año, Máquina había crecido mucho. Tanto, que yo ya no era capaz de cogerlo en el regazo. Se tenía que contentar con acercarse a mí, levantar las patas y apoyarse en mi pecho, pidiéndome caricias.

Alguna vez me ha tirado al suelo. No lo hacía con intención, pero era tan fuerte, tan pesado, y yo tan pequeña, que no podía con él.

Grande y fuerte. Nunca ha tenido enfermedades excepto una vez que tuvo lombrices. Mamá le hizo tragar una pastilla, con un poco de queso para engañarlo, y se curó en unos días. Otras veces se curaba solo.

—¡Mamá, mamá, Máquina está tragándose la hierba! —grité incrédula una vez que estaba comiendo en el campo de la huerta como si fuera uno de los corderitos.

Mi madre no le dio ninguna importancia.

—No te alteres. Lo hace para purgarse. Tú y el perro... No andes tanto con él, mujer. Acabarás cogiendo pulgas.

¡Pulgas! Ella no sabía que Máquina no tenía ninguna porquería de esas. Lo lavaba en el barreño de la ropa, ¡hasta le echaba jabón del mío! Después le enchufaba la manguera para quitarle la espuma. A él le gustaba porque la goma era muy larga y le daba el sol todo el día. El agua salía muy templada.

AUNQUE ERA MUY GRANDE y con mucha fuerza, seguía siendo un perro joven. No había cumplido ni dos años. Continuaba jugando como cuando era pequeño, solo que las travesuras eran cada vez más grandes y provocaba problemas cada vez más graves.

Hace tres años hubo una sequía tremenda, tremenda. No había llovido en varios meses. Fue muy agradable oír el agua golpear contra los cristales de mi ventana. Ese sonido me despertó. En un principio no me moví. Me quedé acurrucada un tiempo y enseguida me entraron ganas de abrir la ventana y asomarme. El agradable olor a tierra húmeda me llenó los pulmones.

Frente a la ventana de mi habitación está el cobertizo. O mamá o la abuela ya habían tendido la colada a secar allí debajo. Seguramente la abuela, que siempre se levanta la primera; también se acuesta más temprano que nadie.

Máquina volvía hacia el cobertizo. Ya había dado su habitual paseo matinal. De repente se puso a dar brincos y a tirar de la ropa que estaba en el tendedero.

«¡Madre mía. Si lo pescan, es la guerra! ¡Son los calcetines nuevos de Moncho!».

—¡Máquina! ¡Quieto! ¡Para ya, caramba!

Demasiado tarde. Ya les había arrancado el talón. Lo peor fue que la abuela lo había visto y salía hacia a él con la escoba erguida. Le pegó muy fuerte. Máquina no huía. Se quedó paralizado, todo encogido sin moverse, con la cabeza gacha entre las patas delanteras. La abuela, al verlo así, bajó la escoba, ya no fue capaz de seguir.

PEOR HABÍA SIDO EL DÍA en que a Moncho se le ocurrió pedirle a mamá que nos hiciera una tortilla de patatas para la cena.

—Pues vete al gallinero y trae los huevos que haya. Estos días ponen muy poco las condenadas.

Hacía tiempo que mamá se quejaba de lo extraño que era que las gallinas se olvidaran de la puesta. Sin más, habíamos pasado de coger diariamente sobre unos quince huevos, a encontrar tres o cuatro.

—¡No hay ninguno! ¡No hay ninguno! —aseguraba Moncho a gritos, contrariado por no poder matar su antojo.

Aquel día tuvimos que comer las patatas fritas con chorizo.

Mamá desconfiaba de que alguien le pudiera haber cogido los huevos en el gallinero y montó guardia. El misterio enseguida quedó desvelado. El culpable resultó ser Máquina.

El poco afecto que mi familia podía sentir por mi perro se fue convirtiendo en antipatía. Máquina era un incordio. Por lo menos, eso era lo que yo llegué a intuir.

LAS COSAS RARAS empezaron a sucederse una detrás de otra.

En casa, teníamos por costumbre juntar varias bolsas de basura en una esquina de la huerta y cada pocos días se las prendía fuego. Lo llamábamos el *quemadero*. Ahora, ya nos han puesto un colector de esos verdes, al lado de nuestro portalón. Ya no tenemos que usar el quemadero.

Una mañana, apareció la basura desperdigada por toda la huerta y las bolsas todas rotas. Máquina había trabajado en ello toda la noche. Esperaba encontrar en ellas algún tesoro oculto, un hueso de pollo, un pedazo de chocolate...

Pienso que lo hacía porque era muy grande y necesitaba comer mucho. Como le dábamos poco, tenía que buscar por donde podía.

La abuela, sobre todo, empezó a hartarse de los inocentes líos de Máquina. A todas horas se podían oír cosas como estas:

—¡Eh, perro o demonio! Suelta la camisa que la vas a deshacer.

—¡Estúpido perro, te voy a vapulear como a un pulpo, si me rompes esta zapatilla!

—¿Para qué rayos habrán traído este perro?

Todo lo que en un principio les hacía gracia, caía ahora en desgracia. Hasta Moncho le acusaba de los pequeños incidentes:

—Mamá, en la huerta he encontrado un paño hecho jirones. Ha sido el perro. Ayer vi cómo saltaba hacia la ropa y trataba de alcanzar el pantalón de mi chándal, pero le he dado una patada que lo ha dejado más que tieso.

—¡Máquina! ¿Tú, otra vez? ¡Venid aquí! ¡El perro ha vuelto a comerse los chorizos!

—¡Mala centella lo coma!

—Habría que ahogarlo en el río.

Cuando oía esas barbaridades huía a mi habitación y me echaba sobre la cama. Allí lloraba en silencio. Enseguida, aparecía Máquina arañando en la puerta. Le abría, corríamos de nuevo a la cama y llorábamos los dos.

—¿Por qué haces esas cosas? Si no cambias no te voy a dar galletas, ni chocolate, ni...

Mientras lo reprendía, Máquina, con aquellos ojos de perro triste que solo él sabe poner, me miraba, me comprendía. Me acariciaba lamiéndome las rodillas, la cara, las manos... Ya sabía de mis cosquillas. Acabábamos riéndonos y jugando como locos, hasta caernos al suelo envueltos ya en la colcha de la cama. Le pedía una tregua, pero Máquina no paraba hasta que me oía reír a carcajadas.

—¡Quieto, Maqui! ¡Para ya! ¿Sabes? Como vuelvas a hacer otra, dejo de quererte.

LLEGÓ LA ÉPOCA DE LA VENDIMIA. Había que prepararlo todo. El abuelo siempre había sido el encargado de lavar los barriles. Por aquel entonces ya necesitaba más tiempo que antes, pero quería seguir haciendo él esas tareas. Una vez que se encargó mi padre, recordó que el abuelo volvió a repasar todos los pipos, uno a uno.

A Máquina le gustaba andar por en medio y saltar tratando de no mojarse, cuando el abuelo le vaciaba el agua a los bocoyes. Para él era otro enredo al que se jugaba pocas veces.

Yo estaba con la abuela ayudándole a barrer la bodega y limpiándole las paredes antes de volver a meter nada dentro. El abuelo decía que se tenía que poder comer en el suelo de lo limpio que tenía que quedar todo. No sé por qué aseguraba esas cosas si no nos dejaba comer absolutamente nada en la bodega. ¡Y pobre del que se le cayera un migaja de pan en una cesta de uvas! Se la haría vaciar hasta encontrarla. Decía que podría estropear el vino. Él casi nunca bebía, pero sentía orgullo de su vino cuando entraba cualquiera por nuestra puerta. El mejor regalo que le podían hacer era saborearlo y alabarlo.

Estaba yo pidiéndole a la abuela que al vendimiar me dejara cortar racimos y las uvas caídas que se las mandara recoger a Moncho, cuando..., sentimos ladrar a Máquina de aquella manera asustada en que lo hacía cuando yo me quedaba inmóvil para que rabiase un rato.

Salimos corriendo hacia él. Allí estaba el abuelo encogido, apoyado contra un barril.

Con las manos se agarraba el pecho. Se quejaba mucho.

—¡Mamá, Moncho! ¡Venid enseguida, no sé qué tiene el abuelo!

Llegaron rapidísimo. Moncho volvió a casa tan rápido como le daban sus piernas para llamar por teléfono.

Papá estaba en el trabajo, yo no sé cómo llegó tan pronto. Al poco tiempo estaba allí con una ambulancia en la puerta. Lo llevaron al hospital, la abuela se quedó conmigo. Dejamos todo lo que estábamos haciendo y nos fuimos a la cocina. No hablamos nada. La abuela se sentó en la silla que se balancea y estuvo así, mirando al suelo, mece que mece, hasta que llegó mamá.

—¿Qué ha sido? ¿Qué pasa? ¿Qué han dicho? —por fin la abuela habló.

—Tiene...

Mamá se puso a llorar y no sé que habló con la abuela en voz baja. Al día siguiente me llevaron a ver al abuelo para que le diese un beso, me habían dicho que me quería ver. Hoy sé que fue el beso de la despedida. Aquella noche el abuelo se murió.

Me llevaron tres días a la casa de la tía Carmen, la hermana de mi madre que vivía en otra aldea del mismo pueblo. Tía Carmen al parecer había sido quien le había dado Máquina a mi padre.

Cuando me fueron a buscar, mamá estaba muy rara, vestida toda de negro, y papá con una corbata, también negra. Al llegar a casa, el abuelo no estaba y la abuela seguía en la silla mecedora. Máquina se quejaba recostado en la silla del abuelo. Decía mamá que a veces iba al cementerio y se ponía a llorar al lado de la tumba del abuelo. ¡Los dos lo echábamos tanto en falta!

No me permitieron encender el televisor ni jugar con los demás durante muchos días. Moncho y yo no nos peleábamos, no nos dejaban. Ni siquiera reñían a Máquina.

Yo quería mucho, muchísimo, al abuelo, pero seguía teniendo ganas de ver los dibujos animados, de jugar con los vecinos, de enredar con Máquina. Puede que todavía tuviera más ganas que nunca, para no estar siempre triste pensando en él. Sigo sin entender por qué me lo prohibían.

UNA TARDE, MI PADRE entró en la habitación.

—¿Quieres venir de pesca?

—¿Y entonces Moncho?

—Moncho prefiere deshacer las punteras contra el balón. ¿Vienes? Puedes llevarte a Máquina.

—¿Puede ir Maqui?

—Mujer..., para él no llevo caña, pero no nos estorba.

Mi padre tenía licencia de pesca para río y, aunque yo no tenía, siempre podría dar la disculpa de que pescaba con dos cañas al mismo tiempo. Fue una tarde magnífica. Papá se reía y hacía demasiado tiempo que no lo hacía. Pescó tres hermosas truchas. A mí me picaban, pero no fui capaz de sacar ninguna, se comían todo el cebo y se iban. Acabé por ponerle miga de pan de mi bocadillo ¡y conseguí cinco escalos! Cada vez que yo recogía el sedal con un pez colgando, Máquina echaba carreras de un lado a otro. Nunca supe si era miedo o alegría lo que le hacía comportarse así.

Cuando papá dio por concluida la pesca, quiso enseñarle a Máquina a nadar.

—¡Papá, papá! ¿Qué haces?

Lo había tirado al río sin más miramientos. Máquina nadó hasta la orilla y huyó como un cohete. El pobre se había llevado un buen susto. Estuvo tres días sin volver a casa.

Enseguida debió olvidar el percance, le había cogido gusto al agua. En los días sucesivos,

él solo se introducía en el río y llegó a alcanzar la otra orilla, sin tener que acercarle el palo para que se asiera como los primeros días. Le había perdido totalmente el miedo.

UN DÍA, LA ABUELA se puso a llenar la bañera. Decía que los baños de agua caliente le aliviaban un poco el dolor de los huesos. Máquina pilló la puerta del cuarto de baño abierta y, sin pensárselo dos veces, se zambulló en aquella agua templada. Lo dejó todo como un sambenito.

La abuela, al ver el desastre, corrió tras el perro, pero en lugar de cogerlo, sufrió una aparatosa caída y se rompió la cadera. La llevaron enseguida a urgencias.

Ese hecho trajo de nuevo muchas discusiones a casa: que si la culpa era del perro, que si quién lo había traído, que si no estaba bien enseñado...

El accidente de la abuela fue para largo. La tuvieron que operar dos veces. Cuando empezó a andar de nuevo, ya había pasado mi noveno cumpleaños, se había cumplido ya medio curso de cuarto y volvía ya una nueva primavera.

—¡Abuela! ¡Qué suerte! ¡Al fin estás en casa otra vez!

—Sí. Como agarre ese perro por delante, lo trituro.

—El perro no tuvo la culpa. Papá un día lo tiró al río a la fuerza y luego se ha habituado al agua.

Máquina, en cuanto vio a la abuela entrando por el portalón de la huerta, ajeno a la culpabilidad que se le atribuía, empezó a darle al rabo de aquella manera que solo él sabía. Quería expresarle su alegría y darle la bienvenida. La abuela lo apartó con el bastón. Desde entonces ella tiene que ayudarse de algo para andar.

TODOS MOSTRABAN EXCESIVA INDIFERENCIA ante Máquina. Desde que faltó el abuelo, ya no tenía ningún aliado. Tal vez mi padre...

Una noche oí lo que hablaban en la cocina sobre los inconvenientes de tener el perro. Recuerdo que mi padre les dijo:

—Voy a probar si sirve para cazar. De no ser así..., lo dejaré abandonado en algún sitio.

Esa noche no pegué ojo. Por la mañana fui corriendo junto a Máquina. Estaba muy asustada.

—¡Maqui, Maqui! ¡Papá te va a llevar de caza! Tienes que ser listo y hacer como hacen otros perros. ¿Has oído? Tienes que aprender a atrapar conejos.

Por la tarde, entré en la conejera sin que me viese nadie. Teníamos un conejo muy manso. Le froté un trapo por el lomo varias veces. Se lo llevé a oler a Máquina y lo provoqué contra el trapo.

Hasta entonces, Máquina jugaba con los animales de la casa sin hacerles jamás daño. Incluso con el gato se llevaba bien. Lo cogía por el cuello y se lo llevaba de un sitio a otro. Al principio, el gato huía para encima del peral, pero enseguida se acostumbró y se hicieron grandes amigos.

Conseguí que Máquina les cogiera verdadera rabia a los conejos. Todos los días lo llevaba hasta la conejera y lo enrabietaba en su contra.

Llegó la fecha tan temida: jueves de caza. Mi padre cogió un conejo y lo puso en el remolque sin que lo viera Máquina. Luego, llamó por él y lo metió en el coche. Era su primer día de caza. Iba feliz. Viajar en coche siempre fue una de sus pasiones. Olía la aventura.

Me quedé muy preocupada. ¿Sería capaz de alcanzar al conejo? ¿Servirían de algo mis lecciones?

Debieron de ser útiles. Hacia el anochecer, papá regresó muy satisfecho y Máquina caminaba a su lado como un héroe.

—Mañana comeremos conejo de monte —dijo papá.

Hasta le permitieron entrar en la cocina, como cuando era un cachorrillo. Yo no quería perderme nada de lo que papá narraba:

—Llegué al Coto de Pena Grande, me bajé del coche y solté el conejo. Esperé unos minutos y le abrí la puerta al perro. «Busca, busca», le dije. Dio unas cuantas vueltas hasta que salió disparado, justo en el sentido contrario al sitio por dónde había soltado al conejo. «¡El demonio te lleve! —pensé— este no vale para nada, no da una». Al rato siento «¡Guau, guau! ¡Guau, guau!». ¡Ay, que lío! ¿Por qué diablo insistirá tanto en que vaya? Me fui acercando muerto de curiosidad y... ¿queréis saber que tenía un conejo acorralado contra una retama? Y aún más, ¡no era el conejo que yo había soltado! Ya veis.

Mi padre lo mostraba lleno de orgullo y seguía con los hechos:

—Le di un tiro y se derrumbó contra las matas. Máquina me miró asombrado, casi me hizo sentirme culpable, pero luego sin pizca de duda, se lanzó a por él. Por cierto, hay que hacerle una cura en las orejas, las tiene un poco arañadas.

Hechizado con el relato, Moncho se ofreció a curar a Máquina.

Para mí fue como si Máquina hubiera pasado la prueba de fuego: de su habilidad para la caza dependía su permanencia en la familia.

Durante una semana, papá no habló de otra cosa más que de su hazaña. Así se convertía en otro aliado de Máquina.

Por un tiempo no me tendría que angustiar por el futuro de mi perro.

4
Todo se complica

Máquina parecía al fin ser aceptado en la familia tal como era. Vaya, tal como era porque, cuando yo había cumplido los nueve años, Máquina ya tenía cuatro y, aunque era joven, no cometía tantas locuras.

CERCA DE MI CASA pasa el río Grande. Es donde mi padre suele ir de pesca. Llegar hasta el río no resulta demasiado fácil. Hay muchos tojales. En casa dicen que eso es una ventaja: tiene el encanto de un río solitario al que solo vamos nosotros con nuestros amigos.

Cuando éramos muy pequeños, mis padres no nos dejaban bajar al río si no venían ellos. Mi padre nada muy bien. Nos enseñó todos los secretos que guardan celosamente las aguas. Hoy, tanto Moncho como yo, nos sentimos tan seguros nadando como caminando por la orilla.

Cuando yo terminé cuarto y mi hermano primero de E.S.O., ya nos permitían bajar solos al río. Confiaban en nosotros y además..., ¡llevábamos a Máquina! Con todo, no dejaban de hacernos algunas recomendaciones:

—Cuidadito, Julia. Mira que tú eres muy atrevida —decía mamá.

—Vigila a tu hermana. No os metáis muy adentro —completaba mi padre.

Nosotros asentíamos. Corríamos para llamar a los amigos y nos dirigíamos a toda prisa monte abajo. Había tojos y picaban, pero ni los notábamos.

Agradecimos mucho que mis padres no vinieran, sobre todo Moncho. Mamá siempre le decía lo que tenía que hacer y lo que no, delante de todos.

«Moncho, cámbiate el bañador. Moncho, merienda. Moncho, no te metas tanto. Moncho, que has estado mucho en el agua...».

Mi hermano se enfadaba y las vecinas mal disimulaban sus risas. Eso le hacía enrojecer de inmediato.

En la orilla del río hay un arenal que hace muy cómodo el acceso al agua. Llegar al río y aparecer todos dentro, era algo que sucedía instantáneamente. Cada uno dejaba la ropa por donde pillaba y, ¡al agua patos!

Unos hacían competiciones por ver quién era capaz de llegar antes a la otra orilla, otros ensayaban nuevos modos de tirarse, o se tiraban cada vez desde más arriba.

A mí me gustaba ir hasta la roca del medio. Era muy grande y allí podía descansar. Máquina venía conmigo. Me seguía por todo el río como el más fiel guarda de seguridad. Volvíamos hacia la orilla y le lavaba su hermoso pelo con mucho cuidado para no echarle jabón en los ojos, eso le habría hecho huir despavorido. Después, lo agarraba por el hocico y le sumergía el resto del cuerpo en el agua. A todos les hacía mucha gracia que apoyara el jabón en su cabeza y que no se le cayese. La verdad es que no se movía. Confiaba tanto en mí como yo en él.

Nadábamos un poco más y, satisfechos aunque cansados, salíamos a secarnos.

Máquina tiene, todavía hoy, una manera muy particular de secarse. Se sacude como si fuese una bailarina oriental, de esas de collar de flores. Cuando lo hacía, todos empezaban a protestar y se apresuraban a apartar cada uno su ropa.

—¡Eh, eh! ¡Máquina! ¡Quieto! Me has puesto la toalla empapada.

—¡Largo de aquí que te echo al río!

Gritaban, pero nadie pretendía hacerle daño. Fue desde entonces que el pobre Máquina cogió la fea costumbre de, tan pronto como salía del agua, rebozarse contra la hierba y la arena, antes de pegar la exagerada sacudida. ¡En algún sitio se tenía que secar! Al principio parece que queda sucio, pero luego, al secarse continúa con su pelo limpio y suave de siempre.

Cada vez que íbamos al río, ¡ay del que osara meterse conmigo!

Una vez, estábamos todos en la orilla, ya había pasado la hora del baño y nos habíamos vestido. Empezamos una guerra de toallas, unos enganchando a los otros... Recuerdo que Arturo, que ya venía alguna vez con nosotros, se llevó un susto que lo dejó sin aliento. Me sujetó con su toalla por la cabeza. Yo, claro, gritaba. De repente, Arturo apareció en el río, vestido. Máquina lo había tirado. No solo eso, sino que no paraba de ladrar hacia él sin dejarlo salir. Tuve que intervenir.

—¡Quieto, Maqui! Tranquilo. No me hace nada, solo estábamos jugando.

Máquina se alejó, aunque gruñendo desconfiado. Arturo salió empapado. Le debieron reñir mucho en casa ya que en los días que siguieron no volvió al río. Máquina les hizo saber a todos que conmigo no se podía meter nadie.

TODO IBA BIEN DE NUEVO, hasta que a mi padre le dio por invitar al jefe de su empresa a almorzar con nosotros.

No puedo precisarlo con exactitud, pero creo que papá quería agradar a don Ricardo. En la empresa iban a hacer una reconversión y pretendían despedir a varios trabajadores. Papá estaba, como quien dice, en la cuerda floja y muy fastidiado. Fue por eso que mamá lo animó a que trajera a comer al jefe.

—No te preocupes, hombre. Pongo unas almejas a la marinera, que no son tan caras, y aso la carne de esa manera que a ti te gusta tanto, compro una tarta rica y listo.

—También le podías hacer una empanadita de bacalao con pasas, de esas que tú sabes...

Mis padres discutían el mejor menú sin tener que gastar demasiado dinero.

En la víspera, todos andamos muy atareados dejándolo todo reluciente. Barrimos la entrada de la huerta, recogimos todos los aperos de labranza que estaban esparcidos por donde cuadraba, limpiamos el polvo... Mamá planchó el mantel grande, las servilletas y sacó las colchas nuevas para nuestras camas. Nunca las ponía. Decía que el perro las estropeaba.

Llegó el día. Todos andábamos al galope. Papá había ido a trabajar y vendría con su jefe. Antes de marchar, dejó el vino en el pozo, para que estuviese fresco, según él, «con la temperatura ideal». Moncho y yo limpiamos los últimos recodos y le hicimos los recados a mamá. Creo que fui mil veces a la tienda del Outeiro. Hasta la abuela, que ya poco puede, colaboraba mondando patatas pequeñas en su mecedora.

A eso de las doce de la mañana, la cocina olía a comida de fiesta.

Un poquito antes de llegar el invitado, nos mudamos la ropa. Había que dar buena impresión.

—Abuela, es mejor que te quites el mandil, mujer. Es muy importante que quedemos bien hoy. Tampoco quiero dar la imagen de que estamos en la miseria.

Después de mucho porfiar, lo único que consiguió mamá fue que se pusiera un mandil limpio.

Enseguida llegó mi padre y detrás de él, don Ricardo.

Creí que vendría solo, pero traía a su mujer y a su hijo pequeño, Ricardito. ¡Por eso mamá nos había mandado abrir la mesa del comedor! Estaba muy nerviosa. Nos llamó a un lado y nos dijo:

—Mirad, tenéis que ser muy amables con Ricardito. Ya sé que es un niño un poco consentido, pero vosotros tenéis que hacer que esté muy contento, que quiera volver aquí. No le llevéis la contraria por nada.

No entendí por qué mamá hacía esas diferencias con aquel niño. Si venían otros vecinos a jugar con nosotros, no había tantos miramientos.

La comida transcurrió con normalidad, excepto que mamá casi no se sentó a la mesa. Hacía continuos viajes del comedor a la cocina, llevando y trayendo comida.

La mujer de don Ricardo alabó su empanada, le preguntó la receta. Mamá, colorada, se la dijo orgullosa. Estaba contenta de haberla complacido.

Papá y don Ricardo tenían una conversación muy animada: que si la producción de materiales, que si el horario del trabajo...

La abuela no dijo nada mientras estuve en la mesa. Solo comía y comía, aprovechando que ese día no se le podía decir: «abuela, que vas a coger un empacho».

Después de la sobremesa, nos mandaron a la huerta a soportar a Ricardito, a darle todo por bien hecho. Jugamos al escondite y, claro, ¡él no podía ligársela nunca! Pronto se hartó y me pidió que le enseñase mis juguetes. Yo, como una tonta, lo llevé a mi habitación. Ni siquiera me di cuenta de los gestos que me hacía Moncho, insistiendo en que no lo hiciera. Tenía una muñeca con la que jugaba poco, no quería romperla. Quedaba muy bien encima de mi cama. Eso fue lo primero que deshizo.

—Venid, venid, que vamos a jugar a la *Ruta del tesoro*.

Mi hermano pretendía ayudarme a echarlo, pero el tal Ricardito se empeñó en que primero tenía que producir una hecatombe. Me rompió tres hojas de mi diario, me revolvió todo el cajón de la mesilla de noche y me rompió la tulipa de la lamparita.

—Mira Ricardito, es mejor que vayamos fuera, nos lo pasaremos mejor. Moncho está esperándonos.

Hartos de pasarle todo, de que deshiciera cuanto caía en sus manos y todavía tener que decirle «bonito», lo convencimos para que jugase con el balón en la huerta. Mientras él daba patadas contra todo, nos fuimos enseguida a esconder las pocas cosas que todavía quedaban enteras, no fuera a ser que entrara otra vez.

—Para acabar antes, corre, mete esos desmontables debajo de la cama, no creo que vaya a mirar aquí.

—Saca de ahí los tebeos, que ese es capaz de romperlos también.

Dejamos nuestras habitaciones sin la alegría que siempre tenían, desnudas, preparadas para aguantar la arremetida de Ricardito.

En esas andábamos cuando a través de la ventana oímos gemir a Máquina y, después, un alboroto tremendo. Salimos a toda prisa. A lo lejos lo vimos dar saltos enloquecido. Ricardito estaba en la puerta tirándole piedras y riéndose. Algo le había hecho al perro.

—¿Qué ha pasado? ¿Qué le has hecho al perro?

No necesité su respuesta. Máquina tenía un cubo incrustado en la cabeza que le impedía ver.

—¡Máquina! Ven, ven tesoro.

Máquina, nerviosísimo, no solo no venía, sino que se tiraba por el suelo, y hasta daba con la cabeza contra las piedras intentando liberarse de aquel castigo.

La voz se me puso de repente ronca. Seguí llamándolo.

—Maqui, por favor, no saltes más. Para un poco, yo te ayudo.

Al fin, mi perro dejó que me acercase a él. Con mi hermano, muy despacio, le fuimos quitando la tortura. Tenía el cuello lleno de sangre y el cuerpo arañado de rascarse contra las zarzas que rodean el muro por abajo.

—Pobrecito, pobrecito. Va, va. Hubiera sido mejor que fueras más fiero y le dieras un buen mordisco en el culo. Pobrecito, pobrecito. Por ser manso, abusan de ti. ¡Imbécil!

Mientras hablaba, Máquina gemía dándome las quejas. Moncho también estaba afectado al verlo sufrir.

Entre los dos, lo más suave y despacio que pudimos, lo cogimos para llevarlo a hacerle las curas.

Al vernos con el perro en el regazo, Ricardito empezó a insultarnos entre risas. No aguanté más.

¡Ni niño mimado ni rabos de gaita! Le pedí a Moncho que sujetara a Máquina y corrí detrás de él.

Cegada por las lágrimas ni veía bien los sitios por los que pasaba, pero lo pillé. No sé de dónde saqué tanta fuerza. Le di una paliza tan, tan grande que es posible que aún hoy esté caliente.

—¡Julia, para! Julia, ¿qué haces? —gritaba mi hermano. Yo no oía.

El escándalo producido por los gritos del repelente Ricardito hizo que salieran afuera todos los comensales.

—¡Niña! ¿Qué estás haciendo? ¡Vaya bestia! —protestaba su madre.

—¡Qué fenómenos son estos niños! —decía el padre.

Mi familia, que nunca me había visto en tal actitud, trataba de poner paz.

—¿Julia, que ha pasado? ¿Por qué has hecho esto?

Ricardito gritaba tan fuerte que no dejaba escuchar mis explicaciones. Cuando le tocó hablar a él, dijo lo primero que se le ocurrió. ¡Nunca en mi vida he conocido a una persona más mentirosa!

—Papá, no quiero venir más a esta casa. Estos niños son unos brutos. Siempre me están echando la culpa de lo que hacen ellos.

Al mismo tiempo que ejercía de embustero, secaba con la mano la sangre que le caía por la nariz. Su padre lo limpió con su pañuelo, le hizo un gesto a su mujer, que permanecía quieta como un mueble, entraron en el coche y se marcharon sin más despedidas.

En ese momento me di cuenta de que el esfuerzo de mi madre cocinando y de los nuestros limpiándolo todo no habían valido la pena. Mi incontrolado genio había echado por tierra las ilusiones de mis padres, que quedaron un buen rato tratando de encontrar una explicación a aquellos hechos y a aquellas reacciones.

Yo me fui a toda prisa junto a Moncho, que ya estaba atendiendo a Máquina. Le cortamos el pelo alrededor del cuello, le echamos agua oxigenada para limpiar las heridas y luego, *betadine*. Máquina volvía a tener los ojos tristes, muy tristes.

Mis padres se acercaron y al ver cómo estaba el perro, se quedaron mudos. No me riñeron nada.

De Ricardito no hemos vuelto a saber jamás. Solo recuerdo que, dos días después, mi padre llegó a casa muy disgustado. Había sido uno de los que se fue directo al paro. Don Ricardo lo había echado fuera con el lío de la reconversión.

Papá no quería sacar el tema, pero la abuela se encargaba de recordármelo a cada instante.

—¿Sabes por qué tu padre se ha quedado sin trabajo? ¿Sabes por qué? Por tu culpa, por defender a un perro que no da más que disgustos.

Las palabras de la abuela se me clavaban en el alma como cuchillos afilados, me dolían mucho. Sus reacciones me hacen dudar de mi afecto por ella y, a veces, me parece que no la quiero.

COMENZARON DE NUEVO LAS CLASES. Quinto de primaria. Juro que este curso lo empecé con más ilusión que nunca. Acabar bien supone hacer el último año de Primaria y estar a punto de pasar a la E.S.O., para empezar a considerarte de los mayores.

Tan atareada estuve con las cosas de la escuela, que tardé en darme cuenta de que Máquina volvía a tener ojos tristes y de que no quería comer, hasta que se lo oí comentar a mamá.

—No sé si el perro estará enfermo. Aún tiene allí la comida de ayer.

A oír semejante cosa, me fui disparada al cobertizo. ¡Era verdad que algo le pasaba, lo acariciaba y no se movía! Habitualmente lo que hacía era saltar sobre mí hasta que le decía, ¡sienta! Entonces se quedaba sentado, moviendo casi nada el rabo, esperando una nueva orden para «romper filas» y seguir jugando.

Estaba muy caliente y, aún así, temblaba de frío.

—Come bonito, come pobrecito. Venga, Maqui, anda... come un poquito.

Como única respuesta, Máquina gemía, no tenía fuerzas ni para ladrar.

Mamá le hizo una manzanilla. Cuando estuvo templada, la llevó allí. Ni la olió.

La abuela decía, basándose en su experiencia:

—Seguro que tiene el *moquillo*.

Llegó papá y lo primero que hizo fue reñirme.

—¿Qué haces ahí? No te acerques a él. No se debe estar al lado de un animal enfermo. Puede ser contagioso.

—Papá, papá. ¿Por qué no lo llevas al veterinario? —dije yo, apartándome de Máquina, pero sin darle importancia a la riña.

No me respondió. Solo la abuela susurraba por lo bajo:

—¡Lo que nos faltaba! Tú en el paro y vas a gastarte ahora sesenta euros o más, ¡vete tú a saber!, con el perro. La gente de ahora no tiene sentido.

El caso fue que no pasó por el veterinario. Pienso si mi padre no se las tendría guardadas desde que se quedó sin trabajo, por ser Máquina uno de los protagonistas que desencadenó su despido de la empresa.

Cuando sea mayor, estudiaré veterinaria y pondré un cartel muy grande que diga: «Quien no pueda pagar, será igualmente atendido».

MÁQUINA ES MUY FUERTE. Se curó sin ir al veterinario. Lo más desesperante es que ahora que estaba bien, ha desaparecido.

Ya lo intenté todo. Hasta falté a clase con Moncho para ver si lo encontraba. Vaya lío hemos armado. Todavía no se me ha pasado el susto que me llevé cuando nos pilló la policía. Si el pobre Arturo, preocupado por mí, no hubiera metido la pata y no se lo hubiera dicho a doña Mercedes, hoy nadie lo sabría. Menos mal que, al fin, la cosa quedó en nada.

Recorrimos el pueblo, fuimos a la perrera municipal. No sé. No entiendo lo que le pudo pasar. No me hago a la idea de que Máquina me haya abandonado por voluntad propia..., algo raro tuvo que pasar.

Papá comentaba: «No debí hacerlo», pero... ¿el qué?

¡Máquina! ¡Máquina! ¿Dónde estás? Vuelve, por favor. Sé que no te has muerto. Eres muy fuerte. No te han podido engañar, eres muy inteligente. ¿Dónde estás?

«Si el abuelo viviera, seguro que sabría cómo solucionarlo. Abuelo, te has ido en un otoño tan triste... ¡Cuánto daría por tenerte aquí de nuevo! ¿Estará Máquina contigo?

5

JULIA EMPIEZA A VIVIR DE NUEVO

—¡HOLA, familia! ¿Qué? ¿Cómo va todo por la casa?

Este cambio de actitud del señor Tomás ha sorprendido especialmente a la señora Matilde, su esposa. Hace demasiados días que no mostraba un estado de ánimo tan optimista. Él, al leer la extrañeza en los rostros de los presentes, da la buena nueva que ha provocado ese cambio.

—Matilde —muy solemne—, cariño. Acaban de comunicarme que he sido admitido para el puesto que solicité hace quince días.

—¿Has superado todas las pruebas? —la señora Matilde suelta el paño que tiene en la mano.

—¡Claro! De cinco plazas, he quedado el número dos. No está mal, ¿verdad? ¡Ya tengo un trabajo estable! Se acabaron las malditas reconversiones. ¿No te alegras, Julia?

—Sí, papá, claro —se levanta y lo besa—. Enhorabuena.

La respuesta de Julia suena a cumplido, en realidad permanece ajena a todo acontecimiento familiar. La madre trata de restar tensión y le dice enseguida:

—¡Esto hay que celebrarlo a lo grande! Hoy, estrenaremos el jamón y además haré un dulce como el que me dio a probar la vecina anteayer. ¡Estaba buenísimo! A ver si ha llegado Moncho y lo mando a por harina. Ese chico vive con el balón pegado a su bota.

El señor Tomás deja caer una sugerencia:

—¿Y... unas necoritas..., Matilde? ¿No te apetecerían?

—¿No las habrás comprado ya? —da por seguro doña Matilde, que lo conoce muy bien.

Por toda respuesta, su marido sale al coche y vuelve con dos docenas de nécoras llenas como petos. En ese instante entran la abuela y Moncho, que vienen de encerrar a las gallinas. No saben nada de la importante noticia que ha roto el mal hechizo que, últimamente, había invadido la casa de desventura. La abuela, al ver las nécoras, se echa las manos a la cabeza.

—¡Ay, Dios mío! Este hijo mío ha perdido el juicio. No tiene empleo y le da por gastar lo que le queda en estas tonterías que solo sirven para entretener a quien no tiene hambre.

Todos se ríen del comentario. Todos excepto Julia, que desde la desaparición de Máquina sigue sin ganas de celebraciones de ningún tipo. No puede resignarse a que no aparezca por ningún sitio, a que pueda estar tirado en una cuneta, sufriendo sin que nadie lo ayude.

El padre es el primero en darse cuenta de su estado de ánimo. Intenta consolarla prometiéndole otro perro:

—Escucha, la perra nueva de tía Carmen ha de preñarse pronto. Ya le he dicho que, cuando eso ocurra, nos reserve un cachorro. Es una perra preciosa que tendrá perros majos. Si quieres, le pones el mismo nombre.

La reacción de Julia no es la que su padre esperaba. En lugar de animarse, se enfada muchísimo:

—Me repugna que penséis que quiero otro perro, que no duermo, no como o no estudio porque necesito otro perro en casa. ¡No quiero ningún perro! ¡Quiero a Máquina!

Las últimas palabras las pronuncia con tal dureza, que su madre interviene tratando de hacerla entrar en razón.

—Esa no es manera de comportarte. Máquina desapareció y punto. No puedes seguir sacando notas bajas, no puedes llegar a casa y encerrarte en tu cuarto, no puedes abandonarlo todo. ¡Caramba, ni que fuera una persona!

—Eso, seguro que cuando me muera yo no tendréis tanta pena. ¡Hizo muy bien en llevárselo de aquí! Era un estorbo que solo servía para contagios y para gastos.

LA ABUELA ACABA DE METER LA PATA. Tanto el hijo como la nuera, automáticamente, le echan una mirada fulminante. La quieren reprender sin palabras, desean que la abuela desmienta lo que acaba de decir, aunque ya no tiene demasiado arreglo.

Julia permanece parada mirándoles a todos. La noticia cae sobre ella como un fantasma de los de los sueños. Pregunta. Demanda, con ojos acusadores, que alguien le dé una explicación. Moncho, intuye la que se avecina y opta por huir a su habitación sin cenar.

Es la madre, quien, tartamudeando, rompe el interminable silencio.

—Tesoro... escucha..., la abuela siempre..., vaya, papá...

O las palabras quebradas de doña Matilde no son entendibles, o la desesperación de Julia no las quiere entender. Lo cierto es que su padre es el que trata de aclarar las cosas.

—Mira Julia, tú ya eres una mujercita y tienes que entenderlo...

Julia mira a su padre con la ansiedad de un posible heredero ante la lectura del testamento de un familiar inmensamente rico. El señor Tomás continúa:

—El perro, aunque parecía que se había curado, volvió a recaer. Tenía el moquillo. Yo..., —traga saliva—sin empleo, sin dinero para permitirme el lujo de pagar al veterinario... Además..., resultaba arriesgado tenerlo así en casa.

Los pequeños ojos de Julia, crecen por momentos, aunque permanece todavía en silencio. Al fin, habla dirigiéndose, no a su padre, sino a un ruin desconocido, a alguien capaz de haberle hecho daño a su querido Máquina.

—¿Qué le has hecho, papá? ¿Lo has matado? ¿Le has pegado un tiro?

Las preguntas son crueles. Julia mueve la cabeza negándose a aceptar ninguna respuesta afirmativa, no puede dar crédito a lo que acaba de escuchar.

—Papá, por favor, dime. ¿Qué pasa? ¿Dónde está el perro?

El señor Tomás, contagiado por la angustia de su pequeña, dolido ante su mirada acusadora, se esfuerza en dar una explicación que justifique su decisión:

—Lo llevé a... Ribarteme y..., lo solté en el alto del monte, cerca de las casas...

—¡Eso está a más de cien kilómetros de aquí!

—Le dejé comida suficiente. A lo mejor se ha encariñado con alguien y está curado. Puede que no se haya muerto... —pronunció estas palabras sin pizca de convencimiento. En su interior no cuenta con que pueda seguir vivo. Lo había dejado demasiado débil.

La herida de Julia se abre como un manantial del que fluye una inmensa rabia. Piensa en la posibilidad de que Máquina esté con un nuevo dueño y de que la haya olvidado. Los celos todavía la corroen más.

—Nunca debiste haber hecho eso. ¡Nunca!, ¿lo oyes? ¿Para qué me lo trajiste?, dime, papá, ¿para qué? Si estaba enfermo, nuestro deber era intentar curarlo y si no podíamos, por lo menos teníamos que haber permanecido a su lado.

Esa reacción tan dura de Julia nadie se la esperaba. Hasta Moncho, que volvía a la cocina, decide quedarse detrás de la puerta para no verse en medio de la tensión. Luego, la cena, que prometía ser una sabrosa celebra-

ción, se convierte en una comida de duelo, de lágrimas, de miradas furtivas y de silencios.

Seguramente todos piensan en la misma cosa: encontrar una solución a la desesperante situación desencadenada por el abandono de Máquina. La propia Julia piensa en pedirle a Arturo, a ver si tiene más suerte que con su hermano, que la acompañe a Ribarteme. Harán auto-stop. Sí, eso es lo que hará.

EN LOS DÍAS QUE SIGUEN las relaciones entre Julia y su padre cambian mucho. No quiere acompañarlo a ningún sitio, llora por cualquier cosa, se encierra en su habitación y mira hacia el cobertizo constantemente.

—¿Máquina, Máquina, dónde estás?

Ribarteme está demasiado lejos... Acaba por no decirle nada a Arturo. Se encuentra en un pozo sin fondo. Su problema no tiene solución.

En la cocina, no es raro escuchar conversaciones sobre el tema:

—Abuela, tú tienes mucha parte de culpa en todo esto —le dice la señora Matilde a la madre de su marido.

—¡Sí, hombre! Solo faltaba que os pusierais en mi contra, todos llorando por un perro. ¡En mi vida he visto tamaña bobada!

—Mamá —tercia el señor Tomás—, tú antes tenías más paciencia. Ahora, te molestan los perros, te molestan los niños, a todo le pones pegas, todo te irrita. Deberías tener algo más de aguante.

Al oír estas palabras, la abuela se calla. Antes no era así. Este continuo mal humor comenzó siete años atrás, justo al mismo tiempo que unos fuertes dolores de huesos que le atacan, sobre todo, en los cambios de tiempo y que la mantienen un poco encorvada, a lo que se añaden los problemas circulatorios que dificultan la llegada de sangre al cerebro; todo ello hace que su carácter se haya endurecido. Cuando se mira al espejo, permanece quieta, tal vez cavilando en el cortinaje de los años que se ha tragado sus encantos. Dicen que hasta diez años atrás seguía llamando la atención por su belleza.

Por aquel entonces, la señora Matilde también trabajaba fuera. Estaba empleada en una fábrica de confección. Los abuelos se encargaban de la casa y de los animales. Ya estaban cobrando la jubilación, pues eran mayores, se habían casado muy tarde. En las tareas duras del campo siempre ayudaban todos, aunque no tenían demasiadas fincas.

Al flojear la salud de la abuela, se le fueron las ganas de seguir llevando las riendas y la señora Matilde tuvo que renunciar a su trabajo. La abuela todavía echa una mano, pero tiene que ser a su ritmo y a su aire.

LOS DÍAS TRANSCURREN y Julia permanece en la misma actitud de incomunicación. Su padre no soporta por más tiempo su indiferencia hacia él.

«Tengo que ir a Ribarteme aunque haya de pedir un día en el trabajo. No sea que un milagro hiciera que siga vivo y ande errante por allí».

Recorre todo Ribarteme y los alrededores. Pregunta en uno y otro lado.

—Por casualidad, ¿no habrán visto merodear por aquí a un perro con pelo largo, acastañado, tiene unas manchas blancas alrededor de los ojos...? Se parece un poco a un cocker.

—Verá usted, hace un mes más o menos, mi cuñado encontró un perro, lo acarició un poco y se lo quedó. Hasta le curó unas heridas que traía. Yo..., la verdad, no sé si será el mismo.

El señor Tomás inspira profundamente, como si hubiese llegado a la meta después de una intensa carrera.

—¿Dónde vive su cuñado?

—¡Ahí! Mire, vive justito en el cruce —le indica con la mano—, a unos cincuenta metros de aquí. Es una casa de piedra que tiene una balaustrada de madera. Escuche, dígale que va de mi parte, de parte de Rosa. ¿Ha entendido?

—Sí, sí, gracias.

Sube al coche y enseguida se dirige a la dirección indicada. Todavía puede oír a la buena mujer gritar:

—Se llama Florentino, ¿ha oído?

Acerca el coche a la orilla de la carretera. «Debe de ser aquí», piensa. Se dirige al portalón y llama. Sale una mujer asiendo el mandil para ocultar la harina de la que está impregnado.

—¿Qué? ¿Qué es lo que le trae por aquí?

—¿Es esta la casa de Florentino?

—Sí, sí. ¿Y entonces, qué ha pasado?

—Nada. No se asuste, usted. Vengo de parte de la señora Rosa y..., quería hablar con él un momento.

—¡Ay!, pues no se preocupe que se lo llamo ahora mismo, Rosa es su cuñada, ¿sabe usted?

La mujer desaparece ligera y enseguida vuelve con el señor Florentino. Hablan sobre el perro y, aunque con disgusto, accede a enseñárselo.

¡No es Máquina! El descubrimiento fue un jarro de agua helada. El señor Tomás pide disculpas y, casi tan decepcionado como su hija, vuelve a casa inmerso en meditaciones:

«Pudo haberse muerto sin haber llegado a ningún sitio... ¿o estará vivo? ¡Qué desesperación!».

EMPIEZA EL MES DE ABRIL. Todo vuelve adquirir una relativa normalidad. La herida de Julia va cicatrizando. Su padre, al menos, intentó recuperarlo. Es hora de perdonarlo. Se da cuenta de que esa actitud no la lleva a ningún sitio.

Su cuerpo también empieza a cambiar. No le gustan los jerséis ajustados. Dejan entrever unos incipientes senos. El pie le crece muy de prisa. Hace tres meses gastaba el número treinta y cinco y ahora usa el treinta y siete. Moncho bromea con ella:

—Debes de estar cogiendo base, porque lo que es crecer... no creces mucho.

A Julia le fastidian los comentarios de su hermano, pero lo cierto es que lo único que le crece es el pie; sigue siendo tan baja como cuando empezó el curso.

En el colegio, son muy agradables los recreos. El sol acaricia con moderación los rostros de los niños y niñas que deciden divertirse en el patio.

Julia trata de salvar el curso. Tiene mucho interés en promocionar con sus compañeros para la ESO, sobre todo con uno, con Arturo. Al faltar Máquina, aún se aferra más a su amistad. El perro se convierte en un hermoso e inolvidable recuerdo. Arturo la anima, le ayuda a resolver los ejercicios y hasta se queda en el aula con ella durante el recreo, soportando que todos les canten: «el novio y la novia, se quieren casar...».

Doña Mercedes colabora, preparándole unas actividades de recuperación que le faciliten el progreso. Julia empieza a vivir de nuevo.

UN ESPLÉNDIDO DÍA DE ABRIL, después del descanso de media mañana, los alumnos de quinto «B» entran en el aula más alterados que de costumbre.

—¡Qué risa! Yo me desternillaba cuando Pablo le ha dado las mondas de plátano y se las ha comido todas.

—Debe de tener un hambre... ¡Mira que está delgado, eh, tío!

—Seguro que se lo pasa bien con nosotros. Ya hace dos días que ronda el colegio.

—Sí, y eso que el conserje no le deja entrar.

—Yo, mañana voy a traer comida y se la echo. Es tan manso...

A Julia, esos comentarios se le mezclan con los signos matemáticos. No presta excesiva atención.

Llega la hora de comer. A Arturo le toca esta semana servir en su mesa. Hay lentejas y a Julia no le gustan nada. Le echa una mirada de complicidad a su amigo. Él enseguida entiende, y le sirve lo justo para manchar el plato, para que parezca que ya se las ha comido. Doña Mercedes obligaba a todos a comer, cuando menos, un cucharón de lo que hubiera de primer plato. Por el contrario, Arturo guarda la mejor ración de calamares para ella. Sabe que le gustan con locura.

La sesión de la tarde transcurre rápidamente.

Julia camina sin prisas hacia la cancela de la salida. Las exageradas voces de los compañeros hacen que levante la mirada y preste atención a su alrededor.

—¡Ahí viene! ¡Ahí viene!

—¡Ostrás! ¡Cómo corre!

A unos trescientos metros, un perro corre enloquecido por la pista que lleva al colegio.

—¡Maqui! ¡Maqui!

Julia deja caer la chaqueta, la cartera, el cuaderno de dibujo..., sin importarle en absoluto el paradero de sus útiles de trabajo.

Todos los compañeros se detienen, mirando la reacción repentina de Julia. No aciertan a entender ese cambio, esa alegría que, de repente, dibuja su rostro. No lo comprenden, porque hace demasiados días que está siempre triste, sin que nadie haya conseguido que vuelva a ser divertida y alegre como antes, y a disfrutar con las bromas que se organizaban, por lo bajo, en el autobús.

—¡Es el perro de Julia! ¡Es el perro de Julia! —grita Arturo, casi tan emocionado como ella.

Arturo es uno de los pocos compañeros que sabe el disgusto que el problema de la desaparición de Máquina causó a su amiga. Es el único que la comprende como si el problema fuera suyo.

Efectivamente, como surgido del mismísimo cielo, Máquina llega hasta Julia. Todos observan el acontecimiento, unos con curiosidad, otros casi emocionados, y Arturo..., Arturo pleno de verdadera satisfacción.

Julia abraza con tantísima fuerza a su perro, que no deja que se mueva para que pueda expresar la alegría del feliz encuentro.

—¡Maqui! ¡Maqui! Has venido. Pobrecito, pobrecito. ¿Tienes hambre, verdad? ¡Me has encontrado, tesoro mío! Has sido capaz de llegar. Eres muy listo, ¡y muy fuerte! ¡Maqui, Maqui, no te has muerto! Te quiero. Te quiero muchísimo.

El perro parece una persona. Gime, dándole las quejas a su ama de lo que ha sufrido en su odisea. Julia lo comprende perfectamente.

—Pobrecito, pobrecito Maqui. Bonito, bonito. Nunca más te van a hacer eso, Maqui. Papá ha encontrado un buen trabajo. Tienes que perdonarle. Yo..., ¡yo también lo he perdonado! Vente, ven, vamos a casa.

Los niños van entrando en el autobús que les corresponde, según la aldea a la que pertenecen. Arturo ha recogido ya las pertenencias de su gran amiga y se acerca, además, para dárselas.

—Me alegro mucho de que haya aparecido tu perro —le dice muy bajito—. Este verano iré cada día al río aunque Máquina me ponga chorreando.

—Gracias, Arturo —pronuncia tímida ante aquella nueva manera de mirarla.

Las palabras de Arturo tiñen del color cereza las mejillas de Julia, que enseguida seca las lágrimas y, con una sonrisa, le pide que le ayude a solucionar un problema:

—Si llevaras al autobús mis cosas y le dieses el recado a mi hermano de que hoy me voy andando, que ha aparecido el perro, te lo agradecería mucho.

Arturo se dirige hacia el autobús al que debería subir Julia, aun a costa de arriesgarse a perder el suyo. Le lleva todo con urgencia a Moncho, que en ese momento hablaba con el conductor, y desaparece corriendo hasta su autobús, que ya está a punto de partir.

Decidida a no entrar en el vehículo, Julia observa asombrada cómo el conductor le hace señas para que suba, y le dice:

—Venga, Julia; puedes subir al perro, pero no vayas a coger esa costumbre. Esto de hoy es una excepción, ¿entendido?

No es que Lopagáis haya empleado un tono muy dulce, más bien ha sido el de siempre, pero eso es lo de menos. Lo extraordinario es que le permite llevarlo.

Moncho acaba de actuar de abogado defensor de su hermana ante César. Él parecía pasar del perro desde hace tiempo, pero nunca de ella, por eso trató de convencer al conductor para que le permitiese subir. Es posible, también que su padre, amigo personal de

César, le comentara en algún momento la angustia vivida por su pequeña a causa de la desaparición de un perro. De todas las formas, hay que darle el mérito a quién lo tiene y Moncho se portó como un verdadero hermano, teniendo en cuenta lo que le cuesta pedir las cosas.

En el autobús no hay ruidos. Incluso los más bulliciosos van en silencio. No se atreven a interferir, y mucho menos tomar a broma el emotivo reencuentro entre dos seres queridos.

Julia no se puede estar quieta: se suena, llora, lo acaricia, se ríe... Máquina se estremece cuando le toca alguna de sus múltiples heridas.

—Pobrecito, pobrecito mío. ¿Qué te han hecho las moscas en las orejas? Te curaré, no te preocupes. Te vamos a poner bien, ya lo verás. Maqui, Maqui. Tú solito has dado conmigo y yo no fui capaz de encontrarte. ¡Qué listo eres!

El autobús llega a la parada donde habitualmente bajan Moncho y Julia. Tan pronto como abre las puertas, Máquina se apea a toda prisa y trota hacia la casa. Julia lo sigue mientras grita:

—¡Ha aparecido Máquina, ha aparecido Máquina!

Sus alegres estruendos no solo hacen salir a la puerta a toda su familia, los vecinos también sonríen al ver el repentino cambio de la hija de los del Camino de Abajo.

La pobre abuela, cada vez pierde más vista, más oído… y más juicio.

—¿Qué ocurre? ¿Llegó el pescadero? ¡Ya era hora!

Su nuera le grita al oído para que se dé cuenta de lo que de verdad está ocurriendo.

—¡Ha aparecido el perro, abuela!

—¡Ah! Ya, ya. Vendrá lleno de pulgas y de piojos, claro —disimuló su alegría.

Seguro que esta noche habrá una verdadera cena de celebración.

6

DOS LÁGRIMAS POR MÁQUINA

—¡Que barbaridad! ¡Cómo está este animal! Parece un perro vagabundo.

El señor Tomás siente vergüenza y se excusa como puede:

—Verá don Lucho. En realidad..., ha estado varias semanas fuera de casa..., por una mala decisión mía. Lo peor de todo fue que hasta mi pequeña ha enfermado con el disgusto. ¡Cualquiera entiende a los niños!

El veterinario examina concienzudamente al dolorido animal. Mientras tanto, el señor Tomás se desahoga narrándole lo sucedido, tratando de justificar el lamentable estado de Máquina.

—Ya sabe, cuando nos hacemos mayores, nos volvemos muy raros y..., mi madre, la pobre, erre que erre con que el perro era un estorbo en casa, que solo hacía estragos. Luego, enfermó del moquillo y...

Don Lucho sigue atento a Máquina. Está tan concentrado en su misión que no le presta ni pizca de atención a las palabras del señor Tomás y parece que este hablase tan solo para el aire. Aun así, él sigue echando fuera el sentido de culpabilidad que lo ha torturado durante tanto tiempo:

—Lo he pasado realmente mal desde que lo dejé abandonado en el alto del monte. Ver al animalito tan confiado... —hace una pausa— le cortaba el alma a cualquiera. Tenía que hacerlo. No tenía otro remedio. Claro que después, al ver a mi hija, ¡uf!, me ha pesado una y mil veces. Hasta volví por el mismo sitio para ver si lo encontraba. Demonio de perro... ¡Mire que nos ha traído líos en casa!

—No ha sido el moquillo —interrumpe el veterinario.

—Entonces, ¿qué tuvo?

—¡Hepatitis! Lo curioso es que se ha curado solo. Debe de ser un animal muy fuerte.

Don Lucho le explica todos los cuidados que ha de recibir para quedar en perfecto estado.

El señor Tomás paga la consulta y se dirige a la farmacia con el fin de comprar el antiparasitario indicado y las vitaminas.

Máquina no le guarda rencor en absoluto y lo sigue muy arrimado a sus pantalones, tanto, que la correa reglamentaria que lleva está de más. El señor Tomás le hace una carantoña que el perro interpreta como una petición de clemencia y le perdona.

Vuelve a mover el rabo de la manera que le hizo merecer el nombre que recibe.

El hecho de que Máquina pueda curarse del todo, hace que Tomás respire profundamente, llenándose el pecho de aire tranquilizador.

«La verdad, de no ser por el perro, hoy no habría mejorado mi vida laboral. Yo nunca me atrevería a llevarle la contraria, ni a pedirle ningún aumento de sueldo al usurero de don Ricardo».

A LOS POCOS DÍAS, Máquina vuelve a tener el mismo pelo brillante y sedoso de los primeros tiempos, la mirada más alegre y la cabeza más asentada. Ya no es un perro joven. Es un adulto y sabe que no se pueden roer las zapatillas, ni deshacer los calcetines, ni tirar de la pernera del pantalón que está secándose en el tendedero. Aprendió a alejarse de la abuela y a quererla desde lejos. Es una señora mayor y tiene sus rarezas.

Las calificaciones escolares de Julia suben automáticamente. Vuelve a tener la mente despierta de otro tiempo, a levantarse voluntaria para todo, a jugar al brilé en el recreo, a reírse de Clara cuando falla, si no, que no sea la acusica de la clase. Vuelve a ser la de siempre.

EL VERANO TRANSCURRE con absoluta normalidad. Por la mañana hay que ayudar en la casa para, por la tarde, poder bajar al río y seguir conociendo más y más secretos de ese lugar que cita a montones de vecinos en las tardes calurosas.

Pronto las hojas de los árboles vuelven a estar inseguras. El más suave viento arranca las más débiles. Es otoño. El nuevo curso está en marcha. Vuelve la vendimia... En estas fechas fue cuando falleció el abuelo de Julia. Ella sueña despierta. Piensa en él a menudo:

«Abuelo, dónde quiera que estés, tú puedes oírme, ¿verdad? Gracias abuelo. Sé que tú fuiste quien le enseñó a Máquina el camino hasta el colegio. Tú también lo querías mucho. ¿Sabes, abuelo? Maqui también te echa de menos. Cuando te fuiste, lloró mucho».

Enseguida pasa la Navidad, el segundo trimestre del curso, llega Semana Santa y con ella unas cortas vacaciones. El tiempo corre ahora mucho más rápido que cuando había problemas. Julia sabe que tardará diez días en volver a ver a Arturo, en volverse a poner su cazadora, en escuchar su voz, en encontrar hermosos poemas de amor en el medio de algún libro y, sobre todo, en sentir de nuevo la mirada de sus deliciosos ojos. Piensa en la posibilidad de llamarle por teléfono. «Es muy descarado por mi parte, ¿o no?». Sin pensárselo más, suelta como un bombazo:

—¡Arturo! Ya nos han puesto el nuevo número de teléfono. Es el 986532672.

Apenas lo ha dicho, corre hacia el autobús. Arturo retiene las cifras inmediatamente, como si de un número premiado de lotería se tratase.

Máquina está esperando la llegada de la niña e, igual que siempre, al sentir pitar el vehículo en la curva de la Choza, empieza a dar alegres saltos de bienvenida.

—¡Hola, Maqui! —pronuncia Julia con cierta indiferencia.

El animal lo nota y, sin insistir en pedir unas caricias a las que está acostumbrado, camina a su lado con la triste mirada de la decepción. La acompaña hasta la puerta de la casa y se sienta pegadito a ella. No le importa que la lluvia baje el volumen de su hermoso pelo. Sería difícil precisar si las orejas caídas lo están por el peso del agua o por la derrota de quien espera alguna caricia que no llega.

—¡Tesoro! —dice la señora Matilde—. Sé bien que no te va a gustar nada lo que te voy a pedir, pero me da pena la pobre tía Carmen...

—¿Entonces...? —se asusta Julia—. ¿Qué le pasa?

—Nada... es que... el marido, este año, tiene que quedarse en Ginebra hasta el verano. A ella le gustaría que fueras allí..., así que pensé en...

—¿Tengo que ir yo?

La alegría no le deja escuchar el final de la frase. En la misma aldea de la tía Carmen es donde vive Arturo. Sale fuera dando saltos. Máquina seguía en la puerta.

—¡Maqui! ¡Maqui! Ven, ven aquí.

Mientras lo mima, le cuenta sus anhelos, le habla de Arturo. Él es su más fiel confidente. Tiene suficiente con verla dichosa para sentirse él mismo feliz. Parece entender todo lo que Julia dice. Si habla con alegría, él responde moviendo a toda velocidad su rabo; si pone tono de tristeza, él lanza un gemido de perro herido, como ocurre en este momento en que Julia lamenta tener que separarse de él.

—¡Maqui, no me mires así! Haces que me sienta mal, Arturo, tú... No estés triste, no voy a dejar de quererte. Vendré muy pronto. Solo unos días, ¿lo oyes? Te he dicho solo unos días, así que sube esas orejas.

Lo besa y se le ocurre algo... Enseguida llama a su tía por teléfono:

—Tía, soy yo, Julia.

—¡Ay! ¿Qué tal jovencita? ¿Qué? ¿Es verdad que vas a venir?

—Sí... Solo que yo quería pedirte una cosa...

—¡Arre demonio! Dime. Habla ya.

—Quería que me dejaras llevar a... ¡Máquina!

Lo dijo, al fin se ha atrevido.

—¿Qué me dices? ¿Traes el perro? Bien... pues tráetelo. Aquí hay huerta bastante. El caso es que se acostumbre.

—Gracias, gracias tiíta. Eres un tesoro.

Como suele hacer cuando ya ha oído todo lo quiere oír, cuelga, cuelga de repente el teléfono y corre a comunicarle la buena nueva a su amigo. En el trayecto hasta tropieza con su madre y le tira al suelo el barreño que lleva en la mano.

—¿Qué te sucede? —pregunta extrañada ante la loca reacción de su hija.

—La tía Carmen me deja llevar a Maqui. ¿No es estupendo?

—¡Y tú eres el demonio! Mira que llevar el perro. Vale, que os aguante a los dos.

Máquina participa con ladridos de contento. No se separará de Julia.

HACIA EL ANOCHECER, el señor Tomás acerca a su hija y al perro hasta la aldea de su cuñada. La tía Carmen se pone muy contenta, incluso tiene unas lágrimas de emoción danzando en los párpados. Ella no tuvo hijos y el hecho de que su sobrina preferida acceda a pasar las vacaciones con ella hace que se sienta muy halagada.

Máquina enseguida se familiariza con todo. Desde que vivió la desagradable experiencia del abandono, no llora con facilidad y pronto se adapta a la situación.

La tía Carmen también tiene muchos animales, incluso una bonita perra que no termina de quedarse preñada. Según ella, porque cada vez que está en celo y prueban a dejarla con un perro, lo que hace es defenderse mordiéndole donde puede hasta que la deja en paz. Tanto es así que la tía ya desistió del intento.

—Es la primera vez que me pasa eso con una perra —comenta.

Nunca le pareció a Julia tan hermosa la entrada de la primavera. Por la mañana ayuda a tía Carmen, por la tarde va de pesca con Arturo y con Máquina. Cuando Arturo coge su mano para enseñarle a lanzar el sedal, Julia siente unas cosquillas por todo el cuerpo que la hacen estremecer. En su piel permanece el calor de la mano de Arturo durante mucho tiempo.

Máquina también está a gusto. Hay momentos en el día en que desaparece y no es fácil dar con él. Empieza a tener sus secretos. A veces juega con la perra de la tía, con la Morita. Es graciosísimo observar sus enredos. Se acercan los hocicos y parecen besarse. Luego Máquina la persigue por toda la huerta. De nuevo paran, vuelven a besarse y siguen corriendo. Se pone tan loco, que a veces hasta se cae de los muros y continúa dando saltos. Cuando para, la lengua le cuelga de la boca y respira con fatiga.

—Mira que hacen buenas migas estos dos juguetones —dice la tía Carmen asombrada del comportamiento de la Morita con Máquina.

LAS EXTRAORDINARIAS VACACIONES ENSEGUIDA PASAN. Llega el mes de mayo y con él los apuros de fin de curso, ¡sexto!

Nada menos que sexto de Primaria. Julia, en estos días, duerme intensamente, está más cansada que nunca, pero una madrugada algo rompe la rutinaria normalidad. Cuando el alba empieza a posar sus rayos de plata sobre los páramos, Julia se levanta de la cama, no es capaz de seguir durmiendo. Los ladridos de Máquina se oyen en toda la aldea. Algo anormal ocurre este amanecer. Al mismo tiempo se levantan el señor Tomás y la señora Matilde. Los tres bajan a la huerta y..., ¡es increíble!, encuentran a Máquina acorralando a un auténtico ladrón que pretendía llevarse el coche. Intentaba huir pegando al animal, pero este aún se enfurecía más. Rápidamente, llaman a la policía del pueblo, que se hace cargo del delincuente.

—Ya no se puede vivir confiado ni en la aldea, ¡no sé adónde vamos a parar! —comenta la señora Matilde.

—Anda, venga, ya ha pasado todo gracias al perro. Venga Julia, métete otra vez en la cama que todavía puedes dormir dos horas por lo menos —sugiere su padre.

Julia, ya en la cama, solo puede pensar en Máquina: «¡Qué valiente!». Tengo el mejor perro del mundo. Mañana le contaré todo a Arturo». El sueño comienza a apoderarse de su pensamiento justo cuando suena el teléfono.

—¡Qué fastidio! Nadie lo coge.

Los padres y la abuela ya andan atendiendo a los animales fuera. Por Moncho es inútil esperar, ni un terremoto consigue despertarlo. No le queda más remedio que armarse de valor y levantarse para cogerlo.

—¿Sí? ¿Quién es?

—Julia. ¿Eres tú?

—Sí, tía Carmen. ¿Qué ha pasado?

—Precisamente quería hablar contigo. ¿Sabes? La Morita tuvo tres hermosos cachorros, dos machos y una hembra.

—¿Sí? Pues qué bien —contesta con indiferencia.

Cree que, aunque sea una buena noticia, no es motivo suficiente para que su tía la haya levantado de la cama. Tiempo tendría en cualquier momento.

La propia tía Carmen se da cuenta del tono que emplea su sobrina y continúa aclarando:

—¿Me oyes? Uno de los perritos es igualito a su padre.

—¿Cómo? ¿Qué quieres decir?

—Que es castaño con un pelo muy suave y con unas manchitas blancas alrededor de los ojos.

—¿Como Máquina?

—Pues claro, mujer, pues claro.

Sin más despedidas, sin poder dominar su emoción, deja a la tía con la palabra en la boca y corre hacia la huerta.

—¡Máquina! ¡Máquina, ven, ven!

Su madre sonríe moviendo la cabeza. Sabe muy bien de dónde procede la alegría de su hija. Ha sido la primera en saberlo, pero quería que Julia lo escuchara directamente. Ella también reconoce sentir algo especial por ese perro. Ya no se come lo que los demás dejan, aduciendo que es un desperdicio echárselo a los animales, y hace que ciertas «sobras», aún aprovechables, sean reservadas para Máquina.

La única que parece no cambiar es la abuela. Cada vez que Máquina se cruza en su camino, le zurra una vareada en el lomo. Es asombrosa la reacción del perro delante de ella. Pone las orejas gachas, baja la mirada y vuelve a subirla despacito, implorando clemencia. ¡Ni se le ocurre rebelarse! Y no lo hace por cobardía, bien lo demostró en la amanecida en que le puso frente al ladrón. Máquina comprende que los dolores que acompañan continuamente a la abuela son los causantes de su implacable actitud.

Julia sigue buscando a su perro.

—¡Maqui! ¡Maqui! ¿Dónde estará ese truhán?

Máquina se acerca a toda prisa al sentir la voz de su ama.

—Ven aquí, pícaro. ¿Con qué tú también te has enamorado, eh? ¿Sabes que ya eres padre? ¿Sabes que tienes un heredero igualito a ti? ¡Vaya migas has hecho con la Morita! Así que rechazaba a todos, pero a ti te quiso. ¡Narices! ¡Sí que sabe escoger la moza!

Mientras habla, Julia se sienta en el banco de piedra que desde hace muchos años forma parte de los adornos de la entrada principal, y pasa la mano por el lomo de Máquina repetidas veces, levantando el pelo con los dedos y volviendo a bajarlo a modo de cepillo. Él no se mueve, está muy a gusto acostado contra sus piernas. Así continúan hasta que la señora Matilde le recuerda que el almuerzo se está enfriando demasiado.

TRANSCURRIDA LA PRIMERA QUINCENA DEL MES DE JULIO, todavía queda mucho verano por delante. Chicos y chicas siguen con la afición de los baños en el río Grande. Esta costumbre se hace tan sagrada que se convierte en una epidemia general. No son exactamente los vecinos; Arturo, que no lo es, no falta nunca. Desde su aldea hay cuatro minúsculos kilómetros, que enseguida recorre en la flamante bicicleta de carreras, regalo que este verano le ha traído de Suiza su padrino.

Máquina forma parte importante de la pandilla. Este año lo tienen muy atareado. En una roca arman un improvisado trampolín, con una tabla que han dejado olvidada los albañiles en la casa de uno de ellos. Lo atan bien atado y, desde allí, se lanzan al río sin el más mínimo respeto. El río es suyo.

—¡Máquina! ¡Empuja, venga!

De un salto, el perro aparece en el trampolín. Le da un cabezazo en el trasero al solicitante de sus servicios, y permanece sentado mirando cómo se zambulle en el agua. Al comprobar que sale sin problemas, baja ladrando del trampolín y espera, paciente, a que se lo soliciten de nuevo, atento siempre a la más mínima señal.

Es muy curiosa la reacción del perro. Tira del trampolín a todos los que se lo piden, a todos menos a Julia. Cuando ella insiste en que la empuje, se pone delante y gime para que no se lance.

—¡Tírate, Julia! Tírate a ver qué hace —gritan todos para comprobar la reacción de Máquina.

—¡Ahí voy!

Sin pensárserlo dos veces, se lanza al agua. Máquina enloquece. Baja a toda prisa del trampolín y salta al agua, nadando hasta Julia. Sus ladridos son incomprensibles para muchos, aunque no para ella, sabe que la está reprendiendo. Julia lo acaricia.

—¡Maqui, Maqui! ¡Tontorrón! ¿No ves que me lo estoy pasando bien? No me ocurre nada, tonto.

Arturo permanece estático muchas veces, embebido, mirando a Julia. Ella ha cambiado mucho en este verano. Ha crecido. Su cuerpo ya no es de niña. Se ha convertido en una hermosa jovencita. Su belleza se revela como un poema.

«Está preciosa, es la más bonita de todas. Algún día...».

Ve muy lejos la posibilidad de darle un primer beso junto al río. Máquina sigue siendo un extraordinario guardián que custodia a su ama como si se tratase del mejor tesoro. En eso, ambos están de acuerdo. Julia es el mejor tesoro.

En este momento está leyendo sentada, apoyada en el roble centenario. Máquina, tumbado a su lado, permanece inmóvil y ella le pasa una mano por el lomo casi con inercia, mientras en la otra, sostiene una de sus pasiones preferidas, un libro de aventuras. Leer, acariciando a Máquina a la vez, se ha convertido en un gran placer.

Arturo siente una mezcla de celos y envidia. ¡Cuánto daría por ser Máquina!

CUANDO EL SOL SE ALEJA y muestra la cintura cortada por el horizonte, todos saben que es la señal de retirada hacia sus casas. El señor Tomás se enfada muchísimo si no están de vuelta antes de que la Luna asome su cara en el cielo. Los comentarios demuestran la satisfacción que todos sienten con esa actividad que, a menudo, realizan en el verano.

—¡Moncho! ¿Has visto cuando he hecho el muerto?

—Sí, sí. Ha estado muy logrado.

—¿Te das cuenta de cómo me arrastraba hasta la orilla?

Julia regaña a su vecino y al mismo tiempo siente orgullo de su perro.

—Sois unas bestias. Cuanto más bueno es, más lo enrabietáis con vuestras bromas. El día que te estés ahogando de verdad no se lo creerá.

—Anda que tú hoy..., ¡bien que te has tirado del trampolín!

—Eso es otra cosa. Tiene que acostumbrarse. ¡Eh! ¿Dónde va Máquina?

La conversación prometía ser tan animada que de no ser por Julia, nadie se daría cuenta de la ausencia del perro.

—¡Máquinaaa! ¡Máquinaaa! —llaman todos.

Unos ladridos llegan de la orilla del río.

—Es raro que no suba, ¿no?

—Deja Julia, bajo yo a ver qué pasa.

Arturo se ofrece para acercarse a investigar qué le sucede a Máquina. Julia contesta con una mirada en la que Arturo empieza a interpretar nuevas cosas.

—¡Máquina! ¡Anda! Nos hemos dejado la radio y la cámara de fotos. ¡Eres muy espabilado, chico! Ven, vente amigo.

—¿Qué pasaaa? —gritan a lo lejos.

—¡Nadaaa! ¡Que nos hemos olvidado la radio y la cámaraaa! —contesta Arturo a todo pulmón.

—Pobre Máquina —exclama Julia contrariada—. Debí suponer algo así. Siempre que dejo una cosa en algún sitio, se queda hasta que vuelvo por ella.

—¿Sabes?, pienso que podemos enseñarle a lanzarse desde el trampolín.

—Venga, venga, no os paséis.

SEGÚN EL DECIR DE TODOS, la abuela de Julia está cada vez más torpe. Sigue perdiendo vista muy de prisa. Con todo, continúa con la manía de que tiene que ir ella a por el pan a la tienda del Outeiriño

—¡Ay, Dios mío! Si no voy yo, no va nadie —le gusta decir.

Aunque con cierto miedo, permiten que lo haga. Su hijo opina que, dejar que se sienta útil, le hace permanecer más ágil.

Justo antes de la taberna, hay una curva muy peligrosa. Tanto, que en el invierno, con las heladas de la mañana, derrapan montones de coches. No tiene ninguna visibilidad. El día no es agradable. Un viento templado, como un alma en pena, rezonga su gemido.

La abuela, despistada, decide atravesar la carretera por la curva de la Choza y, además, justo cuando va a pasar por allí el coche del pan.

De repente, se siente una frenada muy fuerte y un tremendo golpe. La gente de la taberna y los demás vecinos salen enseguida a mirar.

—¡Ahí afuera, algo ha pasado!

Cuando llegan al lugar, encuentran a la abuela levantándose de la cuneta, preocupada en sacudir bien el mandil que se le había llenado de tierra y a Máquina inmóvil entre las ruedas del coche.

El panadero echa las manos a la cabeza, está muy asustado y trata de justificarse, delante de todos.

—He llegado a la curva de la Choza y, de repente, me encuentro con la buena de la mujer en el medio de la carretera. Cuando ya contaba con que me la llevaba por delante, salta el perro, no sé de dónde, y la empuja contra la cuneta. ¡Ha sido increíble!

—¡Pobre animal! —dice, apenado, un vecino.

—Sí, este perro ya tiene su historia. Se ha convertido en una especie de mascota para todos los chavales del lugar —comenta otro.

El Sol esconde la cara detrás de una nube.

La abuela, que todavía está temblando de la gran impresión que acaba de recibir, mira hacia donde está el animal, que permanece estático, y no puede evitar que por su rostro se deslicen dos lágrimas. Dos lágrimas por Máquina.

Epílogo

En la clínica veterinaria que acaba de abrir, la doctora coloca en la flamante mesa de su despacho los últimos detalles y se sienta un momento, mirando la fotografía de su perro preferido.

«Tuve otros perros y, desde luego, los quise mucho, pero como me llamo Julia que ninguno ha llegado a ocupar el sitio de Máquina en mi corazón. El recuerdo de mi perrito estará siempre dentro de mí con un sabor dulce y amargo, a la vez que llena mi espíritu de tiernas sensaciones.

Incluso si el paso de los años desfigura en mi memoria las nítidas imágenes que todavía permanecen en mí, tendré ocasión de refrescarlas leyendo una hermosa historia que hace tiempo escribí y que empieza así:

Uno de septiembre. Una fecha inolvidable. Yo cumplía seis años y, lo mismo que en otras ocasiones, mi madre compró muchas golosinas...».

FINA CASALDERREY

Índice

Escribieron y dibujaron…

Fina Casalderrey

*—*Dos lágrimas por Máquina *ensalza la relación de amistad entre un ser humano y un animal. ¿Considera importante la cercanía entre el mundo infantil y la naturaleza?*

—Sí, sin duda. La naturaleza es una excelente escuela de lo fantástico a cualquier edad, pero en la infancia, todavía más: cómo se forma la vida y cómo influye la naturaleza en el desarrollo de la misma... Creo, además, que el contacto de los niños con los animales les ayuda a adentrarse en el mundo de los afectos, y, como en este caso, incluso a enfrentarse a la pérdida de un ser querido...

—La historia se desarrolla en el medio rural, desconocido ya para la mayoría de los niños y de las niñas. ¿Cree que a pesar de ello pueden sentirse identificados con la historia?

—¡Desde luego que sí! La literatura, si lo es realmente, vuela, desde siempre, —¡y pruebas tenemos!— por encima de las culturas, de las épocas y de los lugares; remueve conciencias, toca sentimientos, emociona, despierta la curiosidad... La literatura impregna la piel del alma, y esta no entiende de barreras de ese tipo.

—Es poco frecuente en los libros para niños un final tan trágico. ¿No le asusta enfrentar al lector infantil con un desenlace tan dramático? ¿Es Máquina un héroe?

—En una historia realista no quise obviar sucesos menos amables. Los niños posibles lectores no son tan ingenuos como para desconocer la existencia de estas situaciones. Que les entristezca ese final no me parece negativo en absoluto, además es abierto, en ningún momento se explicita que el animal haya muerto... Puede que Máquina haya sido un héroe o puede que no... depende de con qué ojos se mire... Si lo observo con los de un niño, diría que sí sin dudarlo...

Anuska Allepuz

—*¿Qué aspectos de la historia le han parecido más interesantes a la hora de plantear el trabajo?*

—Me atrae la diferencia entre la relación que establece un adulto y la que mantiene un niño con un animal. Mi trabajo se centró, sobre todo, en el amor que siente Julia, la niña protagonista, por su perro.

—*Si tuviera que elegir un personaje, ¿con cuál se quedaría?*

—Sin duda, elegiría a Máquina, el perro. Los perros me gustan especialmente, y en el libro este es, desde mi punto de vista, un personaje bien construido; a lo largo del cuento se refleja a la perfección sus cualidades de nobleza, fidelidad y valor.

—*¿Le ha resultado difícil escoger los momentos que debían de ser representados? ¿Cuál ha sido su criterio?*

—La verdad es que no me resultó difícil. Conforme leía el libro me iba introduciendo cada vez más en la historia y las imágenes surgieron de forma espontánea. A la hora de ilustrarlo, he tratado de destacar los aspectos más positivos.

—Dígame, por favor, ¿qué es lo que más le gusta de ilustrar libros para niños?

—Creo que es interesante su aspecto didáctico. La ilustración facilita al lector infantil la posibilidad de leer a través de la imagen, le ayuda a comprender mejor la historia y a sumergirse en ella. Además, un libro con imágenes será más fácil de recordar y puede hacer más entretenida su lectura.

SOPA DE LIBROS

OTROS TÍTULOS

A PARTIR DE 10 AÑOS

OPERACIÓN YOGUR
(n.º 2)
Juan Carlos Eguillor

LA CASA DEL ÁRBOL
(n.º 9)
Bianca Pitzorno

UNA NARIZ MUY LARGA
(n.º 10)
Lukas Hartmann

LOS CAMINOS DE LA LUNA
(n.º 11)
Juan Farias

LAS RAÍCES DEL MAR
(n.º 12)
Fernando Alonso

LA BOLSA O LA VIDA
(n.º 17)
Hazel Townson

ALAS DE MOSCA PARA ÁNGEL
(n.º 22)
Fina Casalderrey

CLOROFILA DEL CIELO AZUL
(n.º 23)
Bianca Pitzorno

JALEO EN EL TEJADO
(n.º 29)
Hazel Towson

CHICAS AL RESCATE
(n.º 32)
Bruce Lansky

EL MISTERIOSO INFLUJO
DE LA BARQUILLERA
(n.º 34)
Fernando Alonso

EL CHÁPIRO VERDE
(n.º 36)
Marilar Aleixandre

EL CUADERNO DE LUISMI
(n.º 37)
Pablo Barrena

LOS CABALLOS DE MI TÍO
(n.º 38)
Gonzalo Moure

LA GUÍA FANTÁSTICA
(n.º 39)
Joles Sennell

UN CESTO LLENO DE PALABRAS
(n.º 42)
Juan Farias

LAS BOTAS ROJAS
(n.º 45)
Karlos Linazasoro

ÓYEME CON LOS OJOS
(n.º 54)
Gloria Cecilia Díaz

CON LOS PIES EN EL AIRE
(n.º 62)
Agustín Fernández Paz

POM... POM... ¡POMPIBOL!
(n.º 68)
Javier Sáez Castán

PALABRAS DE CARAMELO
(n.º 72)
Gonzalo Moure

TIEMPO DE MISTERIOS
(n.º 74)
Manuel L. Alonso

LA GÓNDOLA FANTASMA
(n.º 78)
Gianni Rodari

UN BRUJO DE SEGUNDA
(n.º 89)
Joles Sennel

A PARTIR DE 12 AÑOS

LAS HORAS LARGAS (n.º 4)
Concha López Narváez
Ilustraciones de Juan Ramón Alonso

LA MIRADA OSCURA (n.º 6)
Joan Manuel Gisbert
Ilustraciones de Francisco Solé

TIEMPO DE NUBES NEGRAS (n.º 8)
Manuel L. Alonso
Ilustraciones de Jesús Gabán

CUANDO LOS GATOS SE SIENTEN TAN SOLOS (n.º 15)
Mariasun Landa
Ilustraciones de Asun Balzola

EL PAZO VACÍO (n.º 16)
Xabier P. Docampo
Ilustraciones de Xosé Cobas

CUADERNO DE AGOSTO (n.º 19)
Alice Vieira
Ilustraciones de Páliaz

EL TESORO DE PAGENSAND (n.º 28)
Uwe Timm
Ilustraciones de Tino Gatagán

DAME UN BESO, LARISSA LARUSS (n.º 31)
Lukas Hartmann
Ilustraciones de Pablo Amargo

EL MISTERIO DE LA DAMA DESAPARECIDA (n.º 55)
Concha López Narváez
Ilustraciones de Francisco Solé

LAS CARTAS DE ALAIN (n.º 66)
Enrique Pérez Díaz
Ilustraciones de Francisco Solé

EL VIAJE DE OMOH (n.º 69)
Jaume Terradas
Ilustraciones de Montse Español

SI LA PALMERA SUPIERA... (n.º 73)
Gerardo Diego
Ilustraciones de Luis de Horna

LA CASA DE LA LUZ (n.º 75)
Xabier P. Docampo
Ilustraciones de Xosé Cobas

CUENTOS DE CUANDO YO ERA (n.º 77)
José Zafra
Ilustraciones de Enrique Flores

LA CANCIÓN DE HANNAH (n.º 83)
Jean-Paul Nozière
Ilustraciones de Jaques Ferrandez

PLANETA MIEDO (n.º84)
Ana María Shua
Ilustraciones de Fuencisla del Amo